Perák – Europas vergessener Superheld

PÉRÁK
DER SUPERHELD AUS PRAG

Text von Petr Stančík
Vorwort von Dr. Petr Janeček
Aus dem Tschechischen von Maria Sileny

edition clandestin

Prag im Jahr 1944

Legende der Schauplätze mit Hinweis zum Kapitel

1. Lustschlösschen der Königin Anna (→1)
2. Prager Burg (→1)
3. U Fleků (→2)
4. Gasbehälter in Libeň (→2)
5. Palais Czernin (→3/11/18)
6. Landesentbindungsklinik in der Apolinářská-Strasse (→4)
7. Klementinum (→6)
8. Letov/Werk I in Prag-Letňany (→7/21)
9. National-Strasse (→8)
10. Holešovice (→10)
11. Nationalmuseum (→12)
12. Hauptpostgebäude Jindřišská-Strasse (→2/12/14)
13. Palais Petschek Bredovská-Strasse (→14/33/34/35)
14. Kino Lucerna (→17)
15. Pariser-Strasse (→17)
16. Čech-Brücke (→17)
17. Klárov (→17)
18. Chotek-Kurve (→17)
19. Strahov-Kloster (→19)
20. Café Imperial (→19)
21. Kolbenova-Strasse in Prag-Vysočany (→21)
22. Kurve in Prag-Kobylisy, Ort des Attentats auf Reinhard Heydrich (→26)
23. Klinik Na Bulovce (→26)
24. Palais Wallenstein mit Garten (→32)
25. Berg Petřín mit Aussichtsturm (→17/Epilog)

DR. PETR JANEČEK:
PÉRÁK – DER TSCHECHISCHE SUPERHELD

«Pérák: der tschechische Superman.»
*Milan Knížák, tschechischer bildender Künstler,
Musiker und Performer, 1983*

Am 15. März 1939 marschierten die Wehrmachtsverbände des nationalsozialistischen Deutschlands in Prag ein. So begann die Besetzung der ehemaligen Tschechoslowakei, eines der wenigen tatsächlich demokratischen Staaten Mittel- und Osteuropas in der Zwischenkriegszeit, des territorialen und geistigen Nachfolgers des Königreichs Böhmen, das seit dem Hochmittelalter dem Heiligen Römischen Reich und später dem Österreichischen und Österreichisch-Ungarischen Kaisertum angehört hatte. Nach dem Einmarsch der Nationalsozialisten entstand hier ein formal unabhängiger, in Wirklichkeit jedoch ein Marionettenstaat, das sogenannte Protektorat Böhmen und Mähren (1939–1945). Seine Hauptaufgabe – so der Wille der Okkupanten – bestand darin, als industrielles Hinterland der nationalsozialistischen Kriegsmaschinerie zu dienen.

Mitten im Zweiten Weltkrieg begannen sich in dessen Hauptstadt Prag merkwürdige, beunruhigende Gerüchte auszubreiten. Diese Geschichten hingen weder mit der anhaltenden Furcht vor den deutschen Truppen und der nationalsozialistischen Geheimpolizei zusammen, noch mit dem Mangel an Lebensmitteln und materiellen Gütern, und auch nicht mit der wachsenden Gefahr, durch die Alliierten bombardiert zu werden. Zumindest nicht direkt. Sie thematisierten weder die schizophrene Sprachsituation des grösstenteils slawischsprachigen Volkes, das auf einmal gezwungen wurde, im öffentlichen Raum die Sprache der Besatzer – Deutsch – zu verwenden, noch die Probleme eines Lebens unter der Last der Luftschutz-Verdunkelung.

Diese im Flüsterton verbreiteten Geschichten waren anders als die Witze und die Anekdoten, in denen der verhasste Adolf Hitler und weitere nationalsozialistische Machthaber verspottet wurden, und die man sich während des Krieges in ganz Europa, von Frankreich bis Russland, erzählte.
Die Hauptfigur dieser ausschliesslich tschechischen Geschichten war nämlich der geheimnisvolle Pérák – eine ambivalente Gestalt, die sich springend durch die nächtliche Grossstadt bewegte. Die Iden-

tität, die Motivation und die Absichten dieses springenden Phantoms – sogar sein Aussehen und seine Bezeichnung – waren Gegenstand von Mutmassungen. Pérák, auch Sprungmann, Spiralhopser oder Sprungfeder-Phantom genannt, wurde recht vage beschrieben; es handelte sich um eine geheimnisvolle dunkle Gestalt, deren Haupteigenschaft das ungewöhnliche Springen war, darin waren sich alle Zeitzeugen einig. Manchen Berichten zufolge konnte Pérák lediglich niedrigere Zäune und Gemäuer überspringen, laut anderen sogar Busse und Strassenbahnen. Mutigere Erzähler beharrten darauf, das Phantom springe auf Dächern der Mietshäuser herum und könne ganze Strassen und Plätze überspringen.

Zu Péráks angeblichen Rekorden, an die jedoch nur die wenigsten glaubten, gehörten ein Sprung über den Prager Hauptplatz, den Wenzelsplatz, seiner ganzen Länge nach, sowie ein mutiger Sprung von der Festung Vyšehrad, beziehungsweise das Überfliegen des Moldaustroms an seiner breitesten Stelle.

Zu Kriegszeiten wagten nur die Wenigsten zu behaupten, sie hätten Pérák mit eigenen Augen gesehen. Meist hat man sich nur von ihm erzählt, und zwar mittels Geschichten aus zweiter Hand – Gerüchten, Sagen, aber auch Anekdoten und Witzen. Die zu damaliger Zeit ausserordentlich beliebten Geschichten vom Pérák, während des Krieges scherzhaft als *Flüsterpropaganda* oder als *Agentur EFEM (Eine Frau Erzählte Mal)* bezeichnet, breiteten sich aus, obwohl weder die Presse noch der Rundfunk oder regelmässige Wochenschauen in den Prager Kinos über diese Figur offiziell informierten. Pérák wurde während des Krieges auch niemals Gegenstand des Interesses der damaligen Ämter – weder der Polizei noch der Gendarmerie, geschweige denn der nationalsozialistischen Geheimdienste. Trotzdem haben während des Krieges Tausende von Menschen spontan der Existenz des geheimnisvollen springenden Phantoms ihren Glauben geschenkt.

DER MYTHOS VOM PÉRÁK

Was wurde eigentlich über Pérák erzählt? Die Geschichten unterschieden sich je nach Zeit, Ort, insbesondere aber auch je nach den Erwartungen der Erzähler und der Zuhörer. Wegen seiner übermenschlichen Sprünge rief dieses Phantom selbstverständlich Befürchtungen hervor; viele hielten ihn deshalb für einen Dieb, der seine

Fähigkeiten dazu nutzte, schwer zugängliche Orte auszurauben, etwa Wohnungen in oberen Stockwerken, in die er angeblich direkt von der Strasse durch die Fenster hineinspringen konnte. Andere hielten Pérák für einen Räuber, der nichtsahnende Passanten mit entsetzlichen Sprüngen aus der Dunkelheit heraus heimsuchte, sie ausraubte, verstümmelte oder sogar tötete. Ein grosser Teil der Bevölkerung sah in Pérák einen Voyeur, der seine übermenschlichen Sprünge dazu nutzte, durch Fenster in hohen Stockwerken Frauen beim Umziehen zuzusehen, oder aber einen Sexualstraftäter, der in dunklen Gassen einsame junge Frauen überfiel, die zur Nachtschicht eilten.

Die wenigen Zeitungsfeuilletons, die während des Krieges unter dem wachsamen Auge der Zensur von der kollektiven Panik bezüglich Pérák vorsichtig berichteten, bezeichneten ihn als einen blossen Auswuchs einer krankhaften Volksfantasie oder gar einer Massenhysterie. Das grösste Interesse galt selbstverständlich Péráks Sprüngen. Wie war es möglich, dass dieses Phantom so hoch und so weit springt? In den vernunftorientierten und materialistischen vierziger Jahren des 20. Jahrhunderts und im hochgebildeten Prag glaubte kaum einer daran, es handle sich um ein übernatürliches Wesen – ein Gespenst, eine Spukgestalt oder einen Geist. Deshalb suchten die Leute meist nach einer realistischeren Erklärung für die übermenschlichen Fähigkeiten des springenden Phantoms. Laut einigen handelte es sich bei Pérák um einen Zirkuskünstler, der auf diese Weise öffentlich – und doch anonym – seine Bewegungskünste vorführte. Andere behaupteten, es handle sich um einen aus dem Irrenhaus entflohenen Wahnsinnigen, dessen Geisteskrankheit ihm übernatürliche Fähigkeiten verleihe. Doch der weitaus grössten Beliebtheit erfreute sich die Vermutung, Pérák verfüge über eine bislang unbekannte mechanische Vorrichtung, die es ihm ermögliche, übermenschliche Sprünge zu vollführen – meist dank Schuhen mit Sprungfedern aus Stahl. Sprungfedern nämlich waren in der Zeit des Zweiten Weltkriegs eine relativ neue Technologie, die beispielsweise bei der Herstellung moderner Automobile benutzt wurde; eine Technologie, die innovativ genug wirkte, um als Erklärung für die spukhafte Bewegung eines nächtlichen Phantoms herzuhalten.
Die Geschichten vom Pérák begannen sich im Jahr 1941 in der Hauptstadt Prag auszubreiten, die am meisten unter der nationalsozialistischen Besatzung litt. Einen nachhaltigen Impuls zur Intensivie-

rung ihrer Mund-zu-Mund-Verbreitung lieferten jene Vergeltungsmassnahmen, die dem Attentat auf einen der einflussreichsten Repräsentanten des nationalsozialistischen Machtgefüges, den stellvertretenden Reichsprotektor Reinhard Heydrich, folgten, das am 27. Mai 1942 stattfand. Diese erfolgreiche Aktion des tschechischen Widerstands, ausgeführt von zwei Fallschirmjägern, die im Londoner Exil ausgebildet wurden, sorgte für eine noch nie dagewesene Popularität der Pérák-Geschichten. Diese verbreiteten sich dann von Prag aus entlang der Eisenbahnlinien in fast alle Städte des Protektorats Böhmen und Mähren, allen voran in die industriellen Ballungsgebiete.
Im Herbst 1943 waren die Pérák-Geschichten bereits so verbreitet, dass sie eine Serie lokaler Panik an mehreren Orten hervorriefen. Ausser in Prag brachen in den Industriestädten Pilsen, Pardubice und Zlín Massenhysterien bezüglich Pérák aus, die schliesslich auch Bratislava in der benachbarten Slowakei erreichten. In allen Fällen handelte es sich um typische Stadtlegenden, die mit der industriellen Erfahrung mechanisierter Kriegsproduktion verbunden waren. Die überwiegende Mehrheit der Erzähler sowie der Zuhörer fand sich nämlich unter den Fabrikarbeitern und ihren Familienangehörigen, und die überwiegende Mehrheit der Orte, wo Pérák angeblich gesichtet wurde, waren Arbeiterviertel und Peripherien der Industriestädte.

In den letzten Kriegsjahren gewannen die Geschichten über Pérák einen etwas anderen Beigeschmack. Aus dem ambivalenten Nachtphantom wurde in mündlicher Überlieferung allmählich ein unerschrockener Saboteur, ein heldenhafter Widerstandskämpfer gegen die verhassten nationalsozialistischen Okkupanten.
Angeblich fing Pérák an, die Waffenproduktion der nationalsozialistischen Kriegsmaschinerie zu sabotieren, Kollaborateure, die mit dem Feind zusammenhielten, zu strafen, zugleich die Polizei-, ja sogar die Wehrmachts-Einheiten einzuschüchtern und anzugreifen, die ausgesandt wurden, ihn zu vernichten. Insgeheim wurde erzählt, es handele sich in Wirklichkeit um einen Fallschirmjäger – einen Agenten, der aus Grossbritannien oder der Sowjetunion entsandt wurde, um auf der heimatlichen Front gegen die Nationalsozialisten zu kämpfen. Oder aber um einen tapferen Angehörigen des heimatlichen Widerstands, der den Kampf gegen die Nationalsozialisten auf eigene Faust aufnahm. Der fiktive Pérák entwickelte sich zu einem selbstbewussten Kämpfer aus den Reihen des

unterdrückten tschechischen Volkes, der für die Ideale der demokratischen Tschechoslowakischen Vorkriegsrepublik und gegen die nationalsozialistische Diktatur kämpfte. Zu einem maskierten gerechten Rächer, der an Zorro den Rächer oder die Helden der Westernfilme aus der Vorkriegszeit erinnerte.

Aus heutiger Sicht stellt er eine einmalige europäische Parallele zu den ersten US-amerikanischen Comic-Superhelden dar (die durch ein Zusammentreffen der Umstände zur gleichen Zeit das Licht der Welt erblickten). Der maskierte Volksheld aus dem Prag des Protektorats verfügte nämlich über die gleichen übermenschlichen Fähigkeiten wie *Superman* (der im Jahr 1938 zur Welt kam), zugleich glich sein Charakter dem eines nächtlichen Rächers, der die Verbrechen und Rechtlosigkeiten in einer Grossstadt ahndete wie *Batman* (1939), wobei Péráks hauptsächliche Mission der Kampf gegen die Nationalsozialisten war, ähnlich wie beim *Captain America* (erschaffen im Jahr 1941). Anders als die US-amerikanischen Comic-Superhelden, die gezielt als ein wirtschaftliches Produkt der populären Massenkultur, verbrämt mit antinationalsozialistischer Propaganda, entstanden sind, hatte der tschechische Pérák jedoch eine bescheidenere Herkunft in der anonymen mündlichen Überlieferung.

Der folkloristische Ursprung verleiht Pérák ein besonderes Charisma, auch eine ausgeprägtere Glaubwürdigkeit und Authentizität als diejenige der amerikanischen Superhelden. Pérák ist nämlich ein tatsächlicher *Volks*held, etwa wie der englische *Robin Hood*, der Schweizer *Wilhelm Tell* oder der osteuropäische *Jánošík*; eine mythische Figur, welche die Hoffnungen und Sehnsüchte eines gedemütigten Volkes verkörpert, das sich gegen eine Fremdherrschaft auflehnt.

PÉRÁK IN DER TSCHECHISCHEN POPULÄRKULTUR

Am Ende konnte Pérák der Aufmerksamkeit der Populärkultur trotzdem nicht entkommen. Unmittelbar nach dem Krieg, im Jahre 1946, erschafft der berühmte tschechische Animator Jiří Trnka, der ‹Walt Disney des Ostblocks›, eine animierte Filmsatire mit dem Titel *Pérák und die SS*. Der vierzehnminütige Film über einen mutigen Schornsteinfeger, der mit Sofa-Sprungfedern an den Füssen und einem schwarzen Strumpf auf dem Kopf tapfer gegen eine Überzahl einfältiger SS-Männer kämpft, lief lange Jahre in den tschechischen Kinos.

Dieses Werk sorgte dafür, dass der Pérák aus der Kriegszeit nicht so schnell in Vergessenheit geriet. Nach dem kommunistischen Putsch im Jahr 1948, als Péráks Heimat – nun wieder Tschechoslowakei genannt – definitiv Teil der sowjetischen Einflusssphäre geworden ist, findet Pérák in der Populärkultur andere, neue Feinde. Die kommunistische Zeitung *Haló noviny (Hallo Zeitung)* beginnt die Comic-Serie *Péráks weitere Geschicke* zu veröffentlichen, in der sich das springende Phantom den Feinden des Sozialismus-Aufbaus sowjetischen Typs stellt – nämlich den Vertretern demokratischer Parteien, die an die Geheimdienste der Westmächte angebunden waren. Für das nächste Grossereignis sorgt der popkulturelle Pérák im Jahr 1968, als er sich in einer weiteren Comic-Serie in der damals populären Zeitschrift *Mladý svět (Junge Welt)* neuen Okkupanten stellt, die – ähnlich wie zuvor die Nationalsozialisten – Prag mit Panzern besetzen, nämlich der sowjetischen Armee. Die ursprünglichen, mündlich erzählten Folklore-Geschichten über Pérák, dem Kämpfer gegen die Nationalsozialisten, geraten zu dieser Zeit langsam in Vergessenheit. Pérák wird nach und nach zu einer halb vergessenen Reminiszenz an die Kriegsjahre, oder aber zu einem lokalen Gespenst abgelegener ländlicher Ortschaften, wobei die letzten aktiv erzählten Geschichten über ihn in den siebziger Jahren des 20. Jahrhunderts versiegen.

Erst gegen Ende des Millenniums entdecken einige wenige tschechische Künstler Pérák neu und beginnen, ihn auf eine moderne Weise als eine Art ersten tschechischen Superhelden aufzufassen. Über Pérák erscheinen Comics sowie kurze publizistische und belletristische Texte, das springende Phantom huscht auch durch einige Theaterstücke und Filme. Zur gleichen Zeit fangen Ethnologen und Volkskundler an, die internationale Herkunft dieser Figur und ihre Parallelen in anderen Ländern Mittel- und Osteuropas zu entdecken. Allein in Tschechien aber kommt diese Figur in der Gestalt von Pérák vor – des legendären maskierten Kämpfers gegen den Nationalsozialismus.

PETR STANČÍKS PÉRÁK ZWISCHEN SCHWEJK UND GOLEM

Die erste seriöse – auch wenn eine solche Bezeichnung für dieses Buch unter Berücksichtigung seiner Poetik nicht ganz passend ist – literarische Verarbeitung des Pérák-Mythos kommt etwas später mit der grotesken Novelle Petr Stančíks *Pérák*, die auf Tschechisch erstmals im Jahr 2008 erscheint. Dieses Buch, das im zeitgenössischen Tschechien ein beträchtliches Interesse an Pérák neu geweckt hat, sollte mit einer zumindest minimalen Kenntnis der historischen Situation des mitteleuropäischen, im Zweiten Weltkrieg schwer geprüften Volkes gelesen werden, die dieses Vorwort kurz anreisst. In seiner grotesken Zauberwelt kombiniert nämlich Stančík historische Fakten, Orte und Geschehnisse, ihre Parodie und Persiflage und seine eigene ungezügelte Phantasie. In seiner Vielschichtigkeit erinnert Stančíks Text an ein ebenso kompliziertes Mosaik utopischer folkloristischer Hoffnungen, paranoider Befürchtungen und eines vorgetäuschten Halblebens des Staat-Nichtstaats, des Protektorats Böhmen und Mähren, in dem der ursprüngliche Mythos von Pérák geboren wurde. Zugleich – erstmals in tschechischer Literatur – legt Stančíks Pérák seine Maske ab und zeigt, wer er in Wirklichkeit ist.

Wer also ist Stančíks Pérák? Ohne etwas aus dem Werk im Voraus verraten zu wollen, lässt sich anführen, dass es sich – in Übereinstimmung mit den ursprünglichen kollektiven Erzählungen und vorherigen popkulturellen Verarbeitungen der Pérák-Legende – um einen maskierten Kämpfer gegen die Nazis handelt. Doch anders als der comicartige Superman oder Batman ist Stančíks Pérák definitiv kein kitschiger, schwarz-weisser Superheld. Diese Figur lehnt sich nämlich in vielerlei Hinsicht an einige bedeutende *topoi* der tschechischen – und allgemein mitteleuropäischen und osteuropäischen – Literatur an. Eine grosse Rolle spielt im Roman die Umgebung selbst, in der sich Pérák bewegt – nämlich das widersprüchlich wahrgenommene Prag, das *Mütterchen mit Krallen*, um mit Franz Kafka zu sprechen (1902), das seine Bewohner nicht einfach so verlassen können, selbst dann nicht, wenn sie es möchten, nicht einmal in der allerschlimmsten historischen Situation. Es ist dies das altehrwürdige Prag der tschechischen Könige und römisch-deutschen Kaiser, und, wie der italienische Slawist Angelo Maria Ripellino in seinem hochangesehenen Buch *Praga magica* (1973, deutsch *Magisches Prag*, 1985) feststellte, schon seit dem Mittelalter durch eine aussergewöhnliche Überproduktion verschiedener bizarrer Gespenster, Dämonen und Erscheinungen berühmt. Pérák ist deren letzter und durchaus würdiger Nachfolger. Auch Stančíks Pérák ist als spezifisch tschechisch aufzufassen. Stančíks Phantom erinnert nämlich in mancher Hinsicht an die berühmteste Figur der tschechischen Literatur – *den braven Soldaten Schwejk* aus der Feder von Jaroslav Hašek (1921–1923). Ähnlich wie das *fin de siècle* Hašeks Schwejk gebar, oder konkreter der Zerfall des absurden österreichisch-ungarischen Staatenbunds in der Hölle des Ersten Weltkriegs, entspringt auch Stančíks Pérák der Absurdität des falschen Protektorats Böhmen und Mähren während eines noch destruktiveren Konflikts, des Zweiten Weltkriegs. Wie Schwejk bewegt auch Pérák sich auf einem ganz eigenen grotesken Pfad durch die narrative Welt und trotzt dabei der Zeit und dem Raum. Wie Schwejk ist auch Pérák eine Figur ohne Vergangenheit und ohne Eigenschaften, eine Figur, die lediglich mechanisch und flexibel auf die Anforderungen einer aus den Fugen geratenen Zeit reagiert – ähnlich der Funktion seiner elastischen Sprungfedern. Wie beim Schwejk handelt es sich auch beim Pérák um einen überwiegend unheldenhaften bis antiheldenhaften Helden, einen robotisierten, mechanisierten Pilger durch die Zeiten eines Weltkriegskonflikts.

Und doch gibt es zwischen den beiden Figuren einen ausgeprägten Unterschied. Anders als Schwejk hat nämlich Stančíks Pérák eine Berufung; seine wichtige Mission reicht über das blosse vegetative Überleben im Krieg hinaus – es handelt sich bei ihm um einen Kämpfer gegen eine unbeugbare Macht, um einen Beschützer der Schwachen und Unterdrückten in Zeiten der Unruhe und des Verderbens. In dieser Hinsicht ist er der geistige Nachfolger einer anderen bedeutenden folkloristischen und literarischen Figur, die mit Prag verbunden ist – des mechanischen Mannes genannt Golem, bekannt insbesondere aus der gleichnamigen Novelle von Gustav Meyrink (1913–1914). Jenes Golems, dessen Legende in den längst vergangenen Zeiten antijüdischer Pogrome entstanden war, des Golems, der ein mythischer Beschützer unterdrückter Bewohner des Prager Jüdischen Ghettos gewesen ist.

Durch seine geistige Anbindung an die drei bedeutenden tschechischen literarischen *topoi* – das magische Prag als ein Ort bizarrer Dämonologie, die schwejksche Figur ohne Eigenschaften, geboren während eines Weltkriegskonflikts, und die golemsche Mission, eine örtliche Gemeinschaft zu beschützen – übersteigt Pérák sein ursprüngliches Potenzial einer bloss mündlich tradierten, vergänglichen Grossstadtlegende. Durch das Heraustreten aus der oralen Kultur des Augenblicks in die dauerhafte Welt der literarischen Werte übersteigt dieser Superheld vielfach seine mündlich überlieferte Eintagsfliegenexistenz und wird zu einem der bedeutendsten tschechischen Mythen des 20. Jahrhunderts.

Dr. Petr Janeček
Karlsuniversität Prag
Autor des Buches *Der Mythos vom Pérák. Eine moderne Sage zwischen Folklore und Populärkultur* **(2017)**

Die älteste visuelle Darstellung Péráks. Eine Illustration zu der Zeitungserzählung *Das Sprungfeder-Phantom* des tschechischen Schriftstellers Josef Königmark. *Český deník* (*Tschechische Tageszeitung*), 21. November 1943.

Die berühmteste Verfilmung der Pérák-Legende ist die dreizehnminütige Zeichentrick-Satire *Pérák und die SS*.
Jiří Trnka, Jiří Brdečka, Otakar Šafránek, 1946.

Der Hauptheld des Films *Pérák und die SS* ist ein tapferer tschechischer Schornsteinfeger, der mit Sofa-Sprungfedern an den Füssen und einem schwarzen Strumpf über dem Kopf in den Kampf gegen SS-Männer zieht. Jiří Trnka, Jiří Brdečka, Otakar Šafránek, 1946.

Pérákovy další osudy

V temných letech okupace vyprávělo se o muži, který prostými skoky přemáhal všechny výšky i hloubky. Tak vznikla pověst o Pérákovi, který svou mrštností a vtipem bojoval s tupými a surovými esesáky. Byla to pověst — a přece v ní byla pravda. Byla to báj, kterou si vytvořil porobený národ v nejtěžší době. Také ona byla výrazem nesmlouvavého postoje českého národa vůči okupantům. A když doba temna přešla, stal se z báje kreslený film, který všichni znáte pod jménem „Pérák a SS". Proč však by život Pérákův neměl trvati déle, než několik minut? Vybrali jsme proto několik z dalších Pérákových příhod, které i v dnešních svobodných dnech budou poučením — třeba zábavným. A ty budeme pravidelně v každém čísle Haló předkládat svým čtenářům. Sledujte je pozorně, aby vám mezi jednotlivými čísly neušla souvislost.

KRESLÍ VLÁĎA DVOŘÁK

Nach dem kommunistischen Umsturz in der Tschechoslowakei im Jahr 1948 wurde das Figürchen des Pérák aus dem Film *Pérák und die SS* zur Verbreitung der kommunistischen Propaganda missbraucht – in der Zeichentrickserie *Péráks weitere Geschicke* von Vladimír Dvořák. Sonntagsbeilage der Zeitung *Haló noviny*, 1948.

Während des kommunistischen Regimes in der Tschechoslowakei in den Jahren 1948–1989 war Pérák meist Bestandteil der Kinderkultur und Kinderliteratur, etwa in der Erzählung von Pavel Štencl *Schaut her, Jungs, der Pérák*. Veröffentlicht in der Zeitschrift *Pionýr (Der Pionier)*. Miroslav Váša, 1980.

Nach dem Jahr 2000 entwickelt sich Pérák schrittweise zu einer beliebten Comic-Figur für Erwachsene und zum ‹ersten tschechischen Superhelden›. Adolf Lachmann, digital verarbeitete Bleistiftzeichnung, *Projekt Pérák*, 2002.

Manche Comic-Darstellungen des Pérák betonen seine patriotische Rolle als tschechischer Widerstandskämpfer, der mittels Sabotage und Attentaten gegen die Nazis kämpft. Jiří Grus, *Projekt Pérák*, 2003.

Eines der umfassendsten Comic-Projekte, die Pérák als einen Superhelden darstellen, ist die unbeendete Serie *Projekt Pérák*. Hza Bažant, Morten, Monge, *KomiksFest!revue*, 2009.

In diesem Comic kämpft der Superheld Pérák gegen die Nazis, die sich dunkler okkulter Kräfte bedienen.
Hza Bažant, Morten, Monge, *KomiksFest!revue*, 2009.

Im Jahr 2016 entsteht ein weiterer dreizehnminütiger Zeichentrickfilm über Pérák, mit dem Titel *Pérák: Der Schatten über Prag*. Marek Berger, 2016.

Auch in dem Film *Pérák: Der Schatten über Prag* wird Pérák als ein tschechischer Superheld dargestellt, der gegen die Nazis kämpft, die mit okkulten Kräften in Verbindung stehen; nebenbei beschützt er auch die jüdische Gemeinde in Prag. Marek Berger, 2016.

Die ambitionierte Comic-Serie *Atemberaubendes Wunder* und die dazugehörigen Projekte sind die neueste Darstellung des Superhelden Pérák. Petr Macek, Petr Kopl, 2016.

In dem Comic *Atemberaubendes Wunder* tritt Pérák als ein tschechischer Rentner im gegenwärtigen Prag auf, der durch die Umstände gezwungen wird, erneut in sein Kostüm zu schlüpfen und den Kampf gegen das Böse und das Unrecht aufzunehmen. Petr Macek, Petr Kopl, 2016.

Im Jahr 2011 gelangte Pérák auf die ‹Bretter, welche die Welt bedeuten› in einer bis heute populären Vorstellung des Prager Theaterensembles VOSTO 5 *Pérák – der Name spielt keine Rolle, die Taten entscheiden!*
Foto: Jan Hromádko, 2016.

Anders als zu der Zeit des Zweiten Weltkriegs gibt es heute Sprungvorrichtungen, die phantastische Sprünge ermöglichen. Pérák in der Vorstellung des Theaters VOSTO 5 *Pérák – der Name spielt keine Rolle, die Taten entscheiden!* **Foto: Jan Hromádko, 2016.**

Pérák im Sprung. Jakub Šolín, 2018.

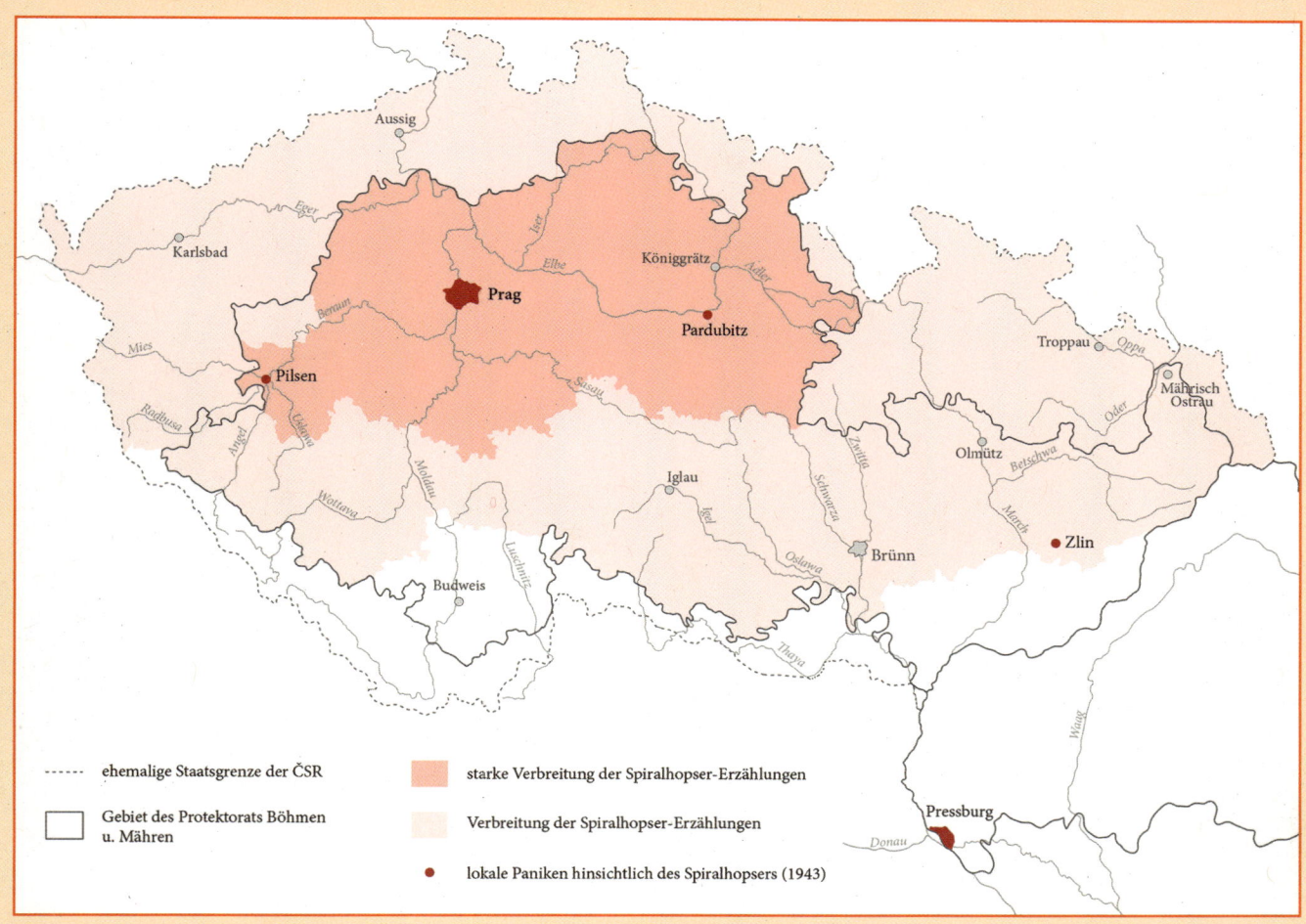

Die Verbreitung der Pérák-Geschichten in den böhmischen Ländern während des Zweiten Weltkriegs.

Das Wahrzeichen der Stadt Prag: die Burg *Hradschin* mit dem *Veitsdom*. Hier ein Blick vom Platz *Klárov* im romantischen Stadtteil *Kleinseite*.

PÉRÁK
DER SUPERHELD AUS PRAG

Motto:
Denn wer hat, dem wird gegeben, und er wird im Überfluss haben;
wer aber nicht hat, dem wird auch noch weggenommen, was er hat.
Das Evangelium nach Matthäus 25, 29

Truppen der SS marschieren über die *Karlsbrücke*.

Prolog

Während ein Stockwerk tiefer alle Kinder weinen, weil sie geboren wurden, schwärmt die Gestapo durch die herausgebrochene Tür ins Labor. Professor Rosengold steht am Fenster, blickt hinaus in die Sternennacht, an den Kopf hält er sich einen Revolver. Der Kommandoführer zieht seine Pistole, zielt auf ihn und brüllt: «Stehenbleiben, Jude!»
«Ich stehe doch. Und das sogar im doppelten Sinne des Wortes. Erstens, weder liege noch sitze ich, und zweitens rühre ich mich nicht», entgegnet Rosenberg ruhig.
«Wirf die Waffe weg, oder ich schiesse!», droht der Gestapo-Mann.
«Aber ich bin doch dabei, auf mich selbst zu schiessen», lächelt der Professor ihn freundlich an.
«Das ist wahr», muss der Gestapo-Mann ungern eingestehen. Er überlegt kurz und fügt dann hinzu:
«Wirf die Waffe weg, sonst... sonst...». Rosengold jedoch hört nicht mehr auf ihn, und das ebenfalls im doppelten Sinne des Wortes. Er bewegt leicht sein Handgelenk, so dass der Gewehrlauf auch auf den ungebetenen Gast neben ihm zielt, und drückt ab. Die Kugel durchbohrt den Kopf des Professors, fliegt weiter und trifft den Kommandeur direkt zwischen die Augen. Das herausgeschleuderte Gehirnstück des Professors verbindet sich mit dem Gehirn des Gestapo-Mannes und fügt ihm so unmittelbar vor dem Tod eine Reihe schmerzhaft bunter Gedanken-Collagen zu.

Das *Lustschlösschen* der Königin Anna, ein Renaissance-Bau aus dem 16. Jahrhundert.

1

Überall ist es dunkel. Oben wie unten, drumherum und auch innen. Es ist nicht die laue Dunkelheit unter der Bettdecke, die zu den ersten Entdeckungsreisen in die Vulkanlandschaft deines Körpers einlädt, es ist auch nicht die linde Dunkelheit eines alten Altans, in dessen Wetterlosigkeit du dich gern vor der Säure des Sommers flüchtest. Dies ist eine graue, eintönige Dunkelheit, die nach Schimmel und Mäusedreck stinkt. Es ist eine menschenleere Dunkelheit, weil sich nach dem Ausgehverbot niemand auf die Strasse hinauswagt. Und falls doch, lieber keinem begegnen – weil es nur ein Widerstandskämpfer oder ein Gestapo-Mann sein könnte.

Prag lässt sich nur erahnen – als eine dunkle Häusersilhouette auf einem noch dunkleren Hintergrund der Nacht. Es ist Krieg und alle Fenster müssen verdunkelt sein. Die fröhlichen Neonreklamen der Geschäfte und Cafés der Ersten Republik sind längst erloschen, die Lichter der Autos sind abgedeckt, bis auf schmale Spalten, die an Schlangenaugen erinnern. Nur hie und da durchschneiden spähende Scheinwerfer der Wachtürme und Irrlichter der Zigaretten von SS-Wachen die Dunkelheit.

Es ist Spätabend, 28. Oktober 1941. Die Tschechen feiern den 23. Jahrestag ihrer ehemaligen Unabhängigkeit, sie tun es im Geheimen, im Stillen, hinter zugezogenen Vorhängen. Die rotblauweissen Fahnen, sonst sorgfältig zusammengerollt und mit Mottenkugeln durchlegt, werden aus dem Versteck herausgeholt und ausgehängt – auf dem Kühlschrank oder dem Leuchter. Die Mutigsten lassen Wasser aus dem Wasserhahn laufen und abgeschirmt von seinem Rauschen singen sie leise die Nationalhymne.

Auf der Terrasse des *Lustschlösschens* der Königin Anna steht in steifer Schiesshaltung eine Flugabwehrkanone, kurz Flak, ein riesiger Stahl-Penis, bereit, jedes Flugzeug in seiner Reichweite mit Feuer und Eisen zu befruchten. Vor der Flak steht ein Unteroffizier der Wehrmacht, unten patrouillieren Zweimann-Wachen um das *Lustschlösschen*.

Durchs Gras schleichen drei Gestalten daher, ganz in Schwarz. Sie tragen lange schwarze Mäntel, Baskenmützen, Rollkragen, ihre Gesichter verstecken sie unter schwarzen Masken. Sicher ist selbst ihre Unterwäsche schwarz, so gründlich sind sie. Einer der Vermummten, vermutlich ihr Anführer, bedeutet den anderen beiden, wer welchen Wachmann zu übernehmen hat.

Der Unteroffizier zieht derweil aus Langeweile an seinen Fingern, er zieht einen nach dem anderen, so lange, bis ein widerliches Knacken zu hören ist. Die Vermummten nutzen es, um das Knacken der Genicke zu vertuschen, die sie den Wachleuten brechen. Nachdem der Unteroffizier an allen Fingern gezogen hat, ist noch ein sechstes Knacken zu hören. Verdutzt starrt er seine Hand an, er würde nachzählen, aber da ist er schon dran. *Knack!*

Die Vermummten schleppen die Toten schnell in den Schatten des *Lustschlösschens*, dann schleichen sie weiter. Neben dem *Ballhaus*

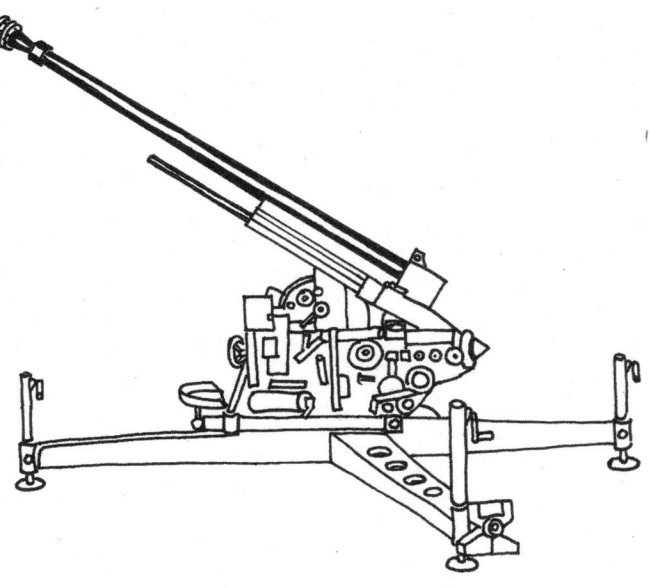

FLAK – DIE FLUGABWEHRKANONE
Ein Beispiel für die widersprüchlichen Vorlieben der deutschen Sprache – einerseits für Abkürzungen, andererseits für bandwurmartig lange Wortzusammensetzungen.
Die Skizze zeigt eine 7,5 cm *Flak M37(t)*, die tschechische Beutekanone der Flugabwehr *Typ 37 Škoda R 3*, mit dem Kaliber 7,5 cm. Die modernste Luftverteidigungswaffe ihrer Zeit, ausgestattet mit einem halbautomatischen Verschluss und einem zentralen Visiergerät mit einer elektrischen Übertragung der Kanonenfeuersteuerung.

überqueren sie den *Hirschgraben*. An der Wand der *Prager Burg* angekommen, schiessen sie aus einer Harpune ein Seil mit Anker hinauf und klettern bis aufs Dach des Pulverturms *Mihulka*, von da springen sie nacheinander aufs Dach des *Veitsdoms* hinüber. Durch das Triforium laufen sie an der Empore vorbei, bis zum Südturm; das Stützsystem der Kathedrale spreizt sich um sie herum wie die Krallen eines längst getöteten Drachens. Über eine Wendeltreppe gelangen sie dann hinunter auf die Terrasse über dem *Goldenen Tor*, dort binden sie ihr Seil an und lassen sich herab bis zum kleinen Fenster, das auf der rechten Seite die dicke Steinwand durchbricht. Hier, unmittelbar oberhalb des Grabs des heiligen Wenzels, wird seit Jahrhunderten der kostbarste Schatz des tschechischen Königreichs aufbewahrt.

Der Anführer der Vermummten durchtrennt mit einem Bolzenschneider das Fenstergitter, schneidet mit einem Diamanten das Glas heraus und alle klettern hinein. Nur ein Stück weiter unten, auf dem Mosaik über dem Eingang zur Kathedrale, treibt der Erzengel Michael die Sünder in die Hölle, zur ewigen Verdammnis. Endlich kommen die Vermummten in der Schatzkammer mit den Kronjuwelen an. Sie umstellen den antiken, beschlagenen Tresor und fangen an, ihn im perfekten Zusammenspiel zu öffnen. Der erste streut Thermit-Pulver zu einer kreisförmigen Bahn auf den Deckel, der zweite zündet es mit einem Magnesiumband an. Das Thermit lodert blau auf, sein blendender Schein brennt sich selbst durch geschlossene Augenlider ins Gehirn.

Der dritte Vermummte hat seinen Umhang ausgebreitet, um das Licht abzuschirmen, damit es sie nicht nach draussen verrät. Nun ist ein schönes rundes Loch in den Tresor eingebrannt. Der erste Vermummte kühlt die heissen Kanten mit Wasser aus einer Flasche. Dann schiebt er ungeduldig die Hand in den Tresor und tastet herum.

Plötzlich hört man das Streichen eines Zündholzes und ein scharfes Scheinwerferlicht erhellt den dunklen Raum. Die geblendeten Vermummten wenden sich bestürzt der Ecke zu, aus der das Licht kommt. Dort sitzt in einem bequemen Sessel Reinhard Heydrich selbst, gekleidet in die Paradeuniform der SS.

Die Aura des Übermenschen, die er ausstrahlt, stören lediglich zwei Makel: seine weiblich breiten Hüften und die hohe Meckerstimme.

Er grinst zufrieden, die Beine übereinandergeschlagen, zieht ruhig an der Zigarette und geniesst seinen effektvollen Szenenauftritt. Dann setzt er ein schiefes Lächeln auf und fragt:
«Sucht ihr vielleicht das hier?»

Irgendwo im Hintergrund geht ein Spot-Scheinwerfer an und die *Wenzelskrone*, bisher im Schatten verborgen, erstrahlt in vollem Glanz. Sie sitzt auf Heydrichs Kopf. Einem der Anwesenden entweicht ein erstickter Seufzer. Es scheint, als ob das Gold verblasste und die Edelsteine aufplatzten durch die schreckliche Schmach, die entsetzliche Entweihung.

Mit einem Aufschrei wirft sich der erste Vermummte auf Heydrich. Doch schon drängen SS-Männer in den Raum hinein, die ihn mit der Breitseite einer Maschinenpistole zurückwerfen. Von allen

Der stellvertretende Reichsprotektor in Böhmen und Mähren Reinhard Heydrich (rechts) auf der *Prager Burg* bei seiner Amtseinführung am 27. September 1941.

DAS WUNDERKIND
Reinhard Eugen Tristan Heydrich (7. März 1904 Halle an der Saale bis 4. Juni 1942 Prag). Sohn eines Opernsängers und einer Pianistin. Nach dem Abitur im Jahre 1922 in die Kriegsmarine aufgenommen, diente als Seekadett auf dem Kreuzer Berlin unter dem Kommando des Ersten Offiziers Wilhelm Canaris (dem späteren Admiral und Chef des Geheimdienstes *Abwehr*, der mit dem Sicherheitsdienst SD konkurrierte).
Im Dezember 1930 lernte Heydrich auf einem Ball des Rudervereins Kiel die

Seiten hört man Gestampfe, deutsche Befehle und das Knacken der Waffenverschlüsse.

Da ergiesst sich ein heller Fleck in der dunklen Fensteröffnung. Ein edles Gesicht erscheint, dessen männliche Schönheit an ein vorzüglich gebautes Schiff erinnert: Der lange Mast der Nase stützt das mutig gespannte Segel der Stirn. Zwei stahlblaue Gewehrläufe der Augen, stets geladen, zu Blick-Schüssen bereit. Der feste Kiel des Mundes, der unnachgiebig nach vorn zielende Rammsporn des Kinns. Anker lichten und Leinen los! Das Schiff sticht in See, gleitet durch blonde Haarwellen mit goldenen Glanzlichtern. Das Gesicht des Mannes, der im Protektorat Böhmen und Mähren die Träume und Beförderungen aller Gestapo-Leute stört. Jenes Mannes, mit dem Mütter ungehorsamen Kindern Angst machen, und doch wollen alle Buben im Spiel seine Rolle haben und keiner will Präsident Hácha sein.

Das Gesicht dieses Mannes kleben tausende Frauen beim Liebesspiel auf die Gesichter ihrer Ehemänner und Geliebten.

Das Gesicht von Franz Pérák, dem Sprungmann!

Der Held trägt ein enganliegendes Trikot aus echtem braunem Rindsleder. Auf dem Kopf hat er eine lederne Haube, die oben zu einem Kamm ausläuft (wohl für eine bessere Flugstabilität). Seine Augen schützt eine Pilotenbrille und vor seinem Mund baumelt das Mundstück einer Sauerstoffmaske für den Aufenthalt in hohen Gefilden. Auf der Brust trägt er sein Symbol angenäht: eine gelbe, dreifach gewundene Sprungfeder. Seine Füsse stecken in knöchelhohen Schnürschuhen mit einer mächtigen Sohle aus Schaumgummi. All das ist in Braun- und Gelbtönen geschmackvoll abgestimmt, um dem Auge zu schmeicheln. Jetzt aber ist für Schmeicheleien keine Zeit.

Pérák springt durchs Fenster hinein, mit Riesensprüngen fliegt er hin und her durch den Raum und streckt die Deutschen nieder, mit der puren Kraft seiner Hände, wie es scheint. Vergeblich schiessen die Nazis nach ihm, der Raum füllt sich bis zum Gewölbe mit stinkendem Rauch, der sich mit Staub von zertrümmertem Gestein vermischt. Die Vermummten zögern nicht, sie sammeln die Waffen der Toten ein und erwidern das Feuer. Doch es fehlt ihnen Péráks Wendigkeit, ausserdem sind die SS-Männer in der Überzahl. Der erste Widerstandskämpfer fällt, dann der zweite. Den dritten Vermummten fasst Pérák um die Taille und springt mit ihm hinaus.

Vor der Kathedrale prallt er hart aufs Pflaster, seine Beute jedoch lässt er nicht los. Dann stösst er sich ab, springt geschmeidig über den Monolith und verschwindet in der Dunkelheit. Die Deutschen schiessen verbissen aus beiden Fenstern nach ihm.

Aus der Ferne scheinen die Höllenflammen auf dem Mosaik aufzuleben.

In Heydrichs blassem Gesicht rührt sich kein Muskel. Er bläst auf die durch Schüsse erglühte *Parabellum*-Pistole, steckt sie ins Holster, macht auf dem Absatz kehrt und schreitet davon, dabei schlägt er sich rhythmisch mit der Reiterpeitsche auf die polierten Stiefel.

---

junge Lina von Osten kennen und bald darauf bat er um ihre Hand. Der Vater einer seiner ehemaligen Geliebten beschwerte sich jedoch bei seinem Bekannten, Admiral Raeder. Daraufhin wurde Heydrich vom Militärgericht zum einfachen Soldaten degradiert und aus der Marine entlassen. Am 1. Juni 1931 trat Heydrich in die NSDAP ein. Heinrich Himmler glaubte irrtümlich, Reinhard Heydrich habe früher beim Aufklärungsdienst der Marine gedient, und beauftragte ihn deswegen auf seinem Hühnerhof bei München damit, den Sicherheitsdienst (SD) – den Geheimdienst der SS – aufzubauen. Heydrich bewährte sich und stieg zum Chef des SD auf. Am 26. Dezember 1931 heiratete er Lina endlich. Im April 1934 wurde Heinrich Himmler von Hermann Göring zum Chef der preussischen Polizei ernannt, Heydrich stieg auf zu Himmlers Stellvertreter und Befehlshaber des neu errichteten Reichssicherheitshauptamts, dem die *Geheime Staatspolizei* (Gestapo) und die *Kriminalpolizei* (Kripo) untergeordnet waren. Er hat sich zu einer der mächtigsten Personen des Dritten Reiches emporgearbeitet und war auch der Hauptausführende der sogenannten *Endlösung der Judenfrage*. Am 23. September 1941 hat der Führer den damaligen Reichsprotektor in Böhmen und Mähren, Konstantin von Neurath, dauerhaft beurlaubt. Zugleich hat er Heydrich zum SS-Obergruppenführer befördert sowie zum neuen Reichsprotektor ernannt, allerdings nur einem ‹stellvertretenden›. Heydrich entfesselte einen beispiellosen Terror und zerschlug wesentliche Teile des tschechischen Widerstands, reformierte die Verwaltung des Protektorats und saugte dessen Wirtschaft bis zum letzten Tropfen aus. Dann aber fiel er einem Attentat zum Opfer. Reinhard Heydrich war der einzige wirkliche *Arier* an der Spitze der Nationalsozialisten und auch der einzige, der während des Krieges starb.

Der Gasbehälter im Prager Stadtteil *Libeň* im Jahr 1959.

2 Während Prag draussen still und erloschen daliegt, ist die Brauereikneipe *U Fleků* hell erleuchtet und die Schrammeln spielen laut auf.

Um einen schweren Eichentisch sitzen tibetische Mönche, sie tragen lilafarbene Gewänder, grüne Handschuhe und spitze Mützen. Alle sind bereits ordentlich angeheitert, auf dem Tisch, zwischen leeren Flaschen und fettigen Tellern, tanzt eine halbnackte Blondine und singt *Lili Marleen*. Ziemlich unbeholfen wird sie von der fleckschen Blaskapelle begleitet, die anstatt Synkopen eher den ersten Taktteil zu betonen pflegt, und so wälzt sich das Lied zwischen Jazz und Polka. Einer der Mönche spielt in einer ganz anderen Tonart auf tibetischen Schalen dazu.

Die Sängerin allerdings ist keine Marlene Dietrich, ihre Haare sind von Peroxid und die Stimme von Zigaretten zerfressen, doch sie bemüht sich und das scheint den Mönchen zu genügen. Sie saufen das flecksche Lagerbier aus den Halbschuhen der Sängerin und nagen an riesigen Schweinshaxen, dabei drehen sie ihre Gebetsmühlen im Rhythmus des Liedes oder schlagen zumindest mit den Knochen auf den Tisch. Da geht die Tür auf und alle erstarren, als ein kühler Luftzug ins Lokal hereinweht. Ein blutjunger SS-Sturmmann tritt herein, geht auf den ältesten Mönch zu und flüstert ihm etwas ins Ohr. Der Mönch nickt und beide verlassen die Kneipe.

Der Sturmmann hält dem Mönch die Hintertür einer schwarzen Limousine auf. Er selbst nimmt am Lenkrad Platz, schaltet die Lichter ein, die bis auf schmale Spalten mit schwarzem Stoff verdunkelt sind, und fährt mit quietschenden Reifen los.

Im gleichen Moment, nur zwanzig Meter höher, prallt Franz Pérák auf den Schornsteinfeger-Steg über dem Dach, stösst sich ab und fliegt weiter.

Er landet vor dem *Postgebäude* in der *Jindřišská-Strasse*. Hier macht er Halt und hackt nebenbei mit einer blossen Handbewegung einem Verräter alle Finger der rechten Hand ab, mitsamt dem Brief, den sie umklammern, und den er gerade im Begriff war, in den rosafarbenen Briefkasten der Gestapo mit der zweisprachigen Aufschrift *denunziationen – udání* einzuwerfen.

Die Fingerchen rollen auf dem Pflaster auseinander und – plum, plom, plam – fallen sie, eins nach dem anderen, durch ein Kanalgitter.

Pérák springt weiter: Auf den Kopf des goldenen Adlers auf dem Uhrturm des *Wilson-Bahnhofs*. Hopp! Auf das Nationaldenkmal der Legionäre auf dem Hügel *Vítkov*. Hopp! Aufs Dach der *Heilig-Kreuz-Kapelle* am *Invalidenhaus*. Hopp!

Und mit dem letzten Sprung landet er oben auf der silbernen Kugel des Gasbehälters im Prager Stadtteil *Libeň*. Genau hier verbirgt sich Péráks Höhle – sie besteht aus Anbauten verschiedener Formen und Grössen, aus Blech geschweisst und an der oberen Halbkugel befestigt, so dass sie von unten unsichtbar bleiben und beim Blick aus einem Flugzeug mit der Oberfläche des Gasbehälters verschmelzen. Pérák ertastet und drückt einen als Niete getarnten Knopf, womit eine Geheimtür aufgeht. Er schiebt den bewegungslosen Körper hinein und klettert ihm nach, das Türchen schnappt ins Schloss und verschwindet wieder. Péráks Höhle erinnert an eine Kreuzung einer alchimistischen Werkstatt

DER GASBEHÄLTER IN LIBEŇ
Der erste kugelförmige Druck-Gasbehälter in Tschechien.
Durchmesser der Kugel 20 m, Umfang 4188 m^3, mit einem Fassungsvermögen von bis zu 12'564 m^3 Gas bei einem Überdruck von 0,3 MPa.
Gesamtgewicht 270 Tonnen.
Gebaut im Jahr 1932 auf acht doppelwandigen Fusssockeln aus Blech, in ein Fundament aus Beton eingelassen.
Mantel aus Stahlblechplatten, 14 mm dick, durch eine mehrreihige Vernietung verbunden. Ursprünglich mit einer silbrigen Aluminiumfarbe lackiert, um Sonnenstrahlen zu reflektieren, wurde er im Krieg mit einem Tarnanstrich überzogen. Während des *Prager Aufstands* mit einer Flugabwehrkanone durchschossen. Nach dem Zweiten Weltkrieg diente er nicht mehr seinem ursprünglichen Zweck.
Seit 1949 befindet sich darin ein Labor des Luftfahrt-Forschungsinstituts mit einem aerodynamischen Tunnel.
Auftraggeber: Prager kommunale Gaswerke, Bau: Ingenieur Dr. Tomáš Keclík, Konstruktion: Berg- und Hüttenbau Vítkovice, Maschinen: Tschechisch-Mährische Kolben-Daněk.

WIDERSTANDSGRUPPEN
Abzeichen einiger tschechischer Widerstandsgruppen, die im Zweiten Weltkrieg aktiv waren.

Die Ritter aus Blaník

Gebratene Kinder

Perun

mit dem Labor eines wahnsinnigen Wissenschaftlers und dem Maschinenraum eines U-Boots. Überall liegen Bücher, Geräte und Waffen herum. Pérák legt den Vermummten auf die Pritsche und öffnet unter dessen Nase ein Fläschchen mit Salmiakgeist. Hatschi! Der Vermummte wacht auf, setzt sich hin und zieht seine Haube ab, darunter ergiesst sich wasserfallartig eine glänzend schwarze, bläulich schimmernde Mähne. Es ist ein Mädchen, ein schönes Mädchen. Ein sehr schönes sogar!

«Wo bin ich? Und wer sind Sie?»

«Man nennt mich Franz Pérák.»

«Es ist also doch wahr… Was ist mit den anderen passiert?»

«Sie sind tot.»

Es scheint, als ob die junge Frau weinen wollte, schliesslich beherrscht sie sich aber, ist sie doch eine tapfere Widerstandskämpferin. Pérák gönnt ihr etwas Zeit zur Beruhigung und dann fragt er:

«Was habt ihr dort gemacht?»

«Wir sind die Widerstandsgruppe *Die Ritter aus Blaník*. Wir haben beschlossen, den grössten Schatz der tschechischen Nation, die *Wenzelskrone*, zu retten, bevor die Nazis sie entweihen, die Juwelen ausschälen und das Gold verschmelzen. Aber wie konnte es passieren, dass dieser dämonische Heydrich schon auf uns gewartet hat?»

Ihre Wangen färben sich rosa vor Wut, was ihr sehr gut steht. Sie denkt kurz nach und dann schreit sie auf:

«Irgendjemand muss uns verraten haben!»

Pérák zuckt mit den Schultern, das ist eine selbstverständliche Schlussfolgerung, die keiner weiteren Ausführung bedarf. Er versucht lieber, das Gespräch auf ein anderes Thema zu lenken:

«Wie heissen Sie?»

Die junge Frau lächelt zum ersten Mal.

«Jitka.»

«Jitka… und weiter?»

«Weiter? Das spielt keine Rolle.»

«Sicher… Fräulein Jitka.»

Pérák geht zum Herd. Währenddessen blickt sich Jitka um. Es gibt selbstverständlich keine Fenster hier. Nur ein kleines Loch in der Wand, wodurch das Bild der Umgebung kopfüber auf eine aufgespannte Leinwand projiziert wird. Jitka sieht, wie ein neuer Morgen über Prag dämmert.

Ein Klopfen ist zu hören, dem ein Zischen folgt. Pérák brät Eier in der Pfanne. Als sein Blick den ihren trifft, lächelt er und sagt:

«Ein kleines Frühstück kann uns bestimmt nicht schaden.»

METALLE
Die Nazis scheuten sich nie davor, in Tschechien zu stehlen, vor allem Buntmetalle, an denen es ihnen im Krieg mangelte.
Während des Protektorats entwendeten sie dem Land 23 Tonnen Gold, die in der *Bank of England* gelagert waren, sie liessen die meisten Glocken, Küchenmörser und Legionärsstatuen einschmelzen. Es ist seltsam, dass sie die *Wenzelskrone*, das Staatsjuwel und Symbol der böhmischen Selbstständigkeit, unangetastet liessen.

Die prachtvolle Wenzelskrone, die in der *Wenzelskapelle* des *Prager Veitsdoms* aufbewahrt wird, liess 1347 Karl IV. anfertigen. Das Staatsjuwel aus purem Gold ist von zahlreichen Legenden umwoben. Eine davon besagt, dass derjenige, der sich die Krone

U Fleků, eine der ältesten Bierbrauereien in Mitteleuropa, gehört zu den Sehenswürdigkeiten Prags. Seit mehr als 500 Jahren wird dort Bier gebraut und ausgeschenkt. Das dazugehörige Restaurant mit acht Sälen und einem Garten bietet Platz für mehr als 1200 Gäste.

3 Lasst uns auf einen Sprung ins Arbeitszimmer des Reichsprotektors im *Palais Czernin* vorbeischauen. Es klopft an die Tür. Heydrich, der hinter einem riesigen, mit goldenen Hakenkreuzen ausgelegten Schreibtisch sitzt, hebt den Kopf und brüllt: «Herein!»
Ein tibetischer Mönch tritt ein. Heydrich deutet zum Ledersessel.
«Mein lieber Lama Losgang, es tut mir leid, dich während deines Zeitvertreibs zu stören, doch ich brauche dringend deine Hilfe. Hast du schon von Pérák gehört?»
Der Lama nickt unmerklich und seine Augen verengen sich.
«Die Nachrichten unserer Agenten haben nicht gelogen. Vor kurzem habe ich die Bestie mit eigenen Augen springen gesehen. Es ist imponierend, und deswegen muss sie vernichtet werden. Doch unsere Leute schaffen das nicht. Besorge mir jemanden mit ausserordentlichen Kräften. Wenn es gelingt, Pérák zu liquidieren, verspreche ich dir, dass China zu einer Provinz Tibets wird, sobald wir den Krieg gewonnen haben. Alles klar?»
Der Lama nickt erneut unmerklich.
«Und was gibt's Neues bei *U Fleků*? Schmecken die Schweinshaxen? Ist die Bedienung willig? Gut, gut, Jungs, geniesst nur das Leben.»
Der Lama nickt zum letzten Mal, dreht die Mühle und erhebt sich. Sobald er weg ist, reibt sich Heydrich die Hände und kichert vor sich hin: «Trinkt nur schön, ihr Mystiker!»
Dann fährt er mit dem Finger über eine Narbe auf seinem Gesicht, die noch ganz frisch ist und scheinbar von weiblichen Fingernägeln stammt.
«Du frigides Luder Hanna Tiersch. Morgen wirst du dich wundern, welche Überraschung ich für dich habe.»
Eine Weile arbeitet er an irgendwelchen Schriftstücken und pfeift dabei fröhlich Wagners Gralsmotiv.
Dann ist erneut ein Klopfen zu hören.
«Herein!»
Diesmal tritt ein SS-Sturmmann ein, streckt den Arm zum Hitler-Gruss und meldet: «Herr Obergruppenführer, ein Eilbote bittet um Empfang.»
«Er soll eintreten.»

Ein Mann in einem unauffälligen grauen Anzug betritt das Zimmer, unter dem Arm trägt er ein grosses, flaches, mit einem Draht zugebundenes Paket. Er wartet, bis der Wachmann die Tür hinter sich geschlossen hat, dann bedient er sich, ohne zu fragen, mit einer Zigarette aus dem silbernen Etui auf Heydrichs Schreibtisch, zündet sie an und flätzt sich frech in den Sessel.
«Ich habe etwas Unglaubliches herausgefunden ...»
Heydrich fixiert ihn mit seinen wasserblauen Augen: «Komm zur Sache.»
Der Mann klopft lässig die Asche aus der Zigarette auf den Perserteppich ab, reisst einen Papierstreifen aus der unteren rechten Verpackungsecke heraus, darunter kommt eine mit dem Pinsel aufgemalte Unterschrift zum Vorschein:
A. Hitler 1919.
Er hebt sie zu Heydrichs Augen: «Kennen Sie die Schrift?»
Heydrich blickt das Leinen eine Weile an und sagt: «Es ist zweifellos die Unterschrift des Führers. Na und? Es ist allgemein be-

kannt, dass er in seiner Jugend ein leidenschaftlicher Maler war. Er schrieb sich sogar an der Wiener Akademie ein.»

Mit einer dramatischen Geste reisst der Mann das restliche Papier ab. Darunter erscheint ein Bild, das ungelenk Picassos kubistischen Stil nachahmt. Trotz aller Abstraktion ist darauf eine nackte Frau zu erkennen, die einen Zirkel und ein Senkblei hält.

Heydrich holt eine Lupe aus der Schublade und untersucht sorgsam das Bild. Dann prüft er mit dem bespuckten Daumen, ob die Unterschrift auf dem Leinen gut hält. Er riecht daran. Am Ende erhebt er sich und spuckt auf den Boden:

«Entartete Kunst.»

«Ganz genau!», bestätigt der Mann im Sessel.

«Unser geliebter Führer war ein Kubist. Und ein ziemlich schlechter noch dazu.»

«Bist du sicher, dass es echt ist?», fragt Heydrich.

«Ja. Ich habe zwei Gutachten erarbeiten lassen. Um alles geheimzuhalten, bezieht sich das erste auf das Bild ohne Unterschrift, das zweite auf die Unterschrift ohne Bild. Beide sind zweifellos echt und mindestens zwanzig Jahre alt.»

Gedankenverloren geht Heydrich die Dokumente durch, am Ende ordnet er sie zu einem hübschen Stapel und schliesst sie mitsamt dem Bild in den Tresor ein.

«Gute Arbeit, Kamerad. Ich hoffe, nicht betonen zu müssen, dass dies alles streng geheim ist. Eigentlich sollte ich dich umbringen, doch deine Dienste sind zu wertvoll.»

Der Agent schnellt aus dem Sessel hoch wie eine losgelöste Sprungfeder und hebt den rechten Arm, auch mit der Zigarette, die zwischen dem Zeige- und dem Mittelfinger klemmt.

«Heil Hitler, Herr Obergruppenführer!»

«Jetzt lieber nur noch Sieg Heil», lächelt Heydrich zum ersten Mal und entlässt den Agenten mit einem Handwink.

Eine Weile sitzt er schweigend da und geniesst seinen Triumph. Dann steht er auf, stellt sich vor das amtliche Hitler-Porträt, das an der Wand hängt, und streckt ihm die Zunge heraus:

«Mein Führer, es war Schwerstarbeit. Doch sie hat sich gelohnt. So lange habe ich die Fäden gezogen, bis ich für dich einen Strick gedreht habe. Und ich lasse ihn nicht mehr los, ich werde dich damit umschlingen und deine Kehle einschnüren. Und dann werde ich der neue Führer sein. Übrigens eigne ich mich viel besser dafür, anders als du bin ich nämlich ein echter Arier, schlank, blond, blauäugig ... Ich muss nicht schreien wie du, die Leute hören auf mich, auch wenn ich flüstere. Ich muss nicht hochspringen wie du, um Oberhand zu behalten. Ich werde deine Verbrechen vor dem ganzen Volk aufdecken, dich verhaften und ins Konzentrationslager schicken.»

Heydrich nimmt eine edle Stradivari-Geige aus einem Holzkasten heraus, stimmt sie, spannt den Bogen und stimmt ein wildes Capriccio im Paganini-Stil an, dazu singt er aus dem Stegreif:

Zunächst muss ich dich hinauslocken
irgendwohin, wo ihr alleine seid,
nur der Scheitel, der Schnauzbart und du.
Dann rasiere ich dir den Schnauzbart und kämme den Scheitel um
und dann bist es nicht mehr du ...

So spielt und singt Heydrich. Würde er jedoch das Führer-Porträt an der Wand sorgfältig untersuchen, würde er direkt in Hitlers Ohr ein kleines Mikrofon entdecken, von dem ein dünnes Drähtchen durch sieben Wände und sieben Türen irgendwohin weit wegführt.

Die *Landesentbindungsklinik* in der *Apolinářská-Strasse*. Ein Bild aus dem Jahr 1890.

4 Pérák und Jitka frühstücken Spiegeleier. Er stochert im Essen nur herum, zersticht mit der Gabel die gelben Zielscheiben und mit dem ausfliessenden Eigelb zeichnet er geometrische Muster aufs Eiweiss. Jitka hingegen stopft sich voll, als ob sie seit dem *Münchner Verrat* nichts gegessen hätte. Zwischen den Bissen erzählt Pérák ihr seine Geschichte:

«Das allererste, woran ich mich in meinem Leben erinnern kann, ist, dass ich durch die Luft fliege. Es war vor einem Jahr, nahe der *Landesentbindungsklinik* in der *Apolinářská-Strasse*. Als ich auf dem Boden ankam, habe ich festgestellt, dass meine Beine... anders sind. Nein, da ist weder etwas zum Drauftun noch etwas zum Abnehmen, es sind auch keine Sofa-Sprungfedern dran, das haben sich Leute ausgedacht, die mich nur aus der Ferne gesehen haben. Dort drin ist ein Mechanismus verborgen, der sich von selbst auslöst, ich verstehe es überhaupt nicht.»

«Darf ich's anschauen?»

Pérák nickt, Jitka zieht ihm die Schuhe aus und schiebt die Hosenbeine hoch. Aus der Nähe erkennt man deutlich, dass seine beiden Waden- und Schienbeinknochen um etwa zehn Zentimeter länger sind. Der Knöchel ist etwa doppelt so umfangreich als üblich. Zudem zeichnen sich unter seiner Wadenhaut würfelförmige Teile ab, während die menschliche Anatomie bekannterweise keine rechten Winkel verwendet. Auf Jitkas Wunsch hin federt er und sie sieht, wie die Knochen sich beim Ankommen auf dem Boden um überflüssige zehn Zentimeter ineinanderschieben, um den Aufprall abzudämpfen. Dabei beult sich die überschüssige Wadenhaut wie ein Ring aus. Beim Abstossen dehnt eine innere Vorrichtung die Knochen heftig auseinander, das Blut schiesst in die Venen, die sich unter der Haut in seltsamen Mustern abzeichnen. Offensichtlich wurden Péráks Beine nicht notdürftig zusammengebastelt, sondern es handelt sich um ein kniffliges biomechanisches Implantat. Nachdem Jitka sich sattgesehen hat, macht Pérák sich wieder zurecht und erzählt weiter: «Die Deutschen haben mich wie ein Wild gehetzt, doch ich bin ihnen davongerannt. Ich habe gelernt, von Dach zu Dach zu springen, das ist ja heutzutage im Protektorat die sicherste Art der Fortbewegung. Ausserdem habe ich bemerkt, dass ich Krallen habe.»

Pérák schnippt mit den Fingern, fährt mit der Hand über die Gusseisenpfanne, wie ein Priester, der den Wein wandelt. Das Eisen bekommt Risse, zerfällt unter seinen Fingern, die dicke Platte zerspringt in zwei Teile. Jitka nickt anerkennend und fragt weiter nach: «Wie warst du denn angezogen?»

«Ich war nackt, nur im Ohr hatte ich ein Kügelchen zerknülltes Papier. Da ist es.»

Pérák reicht Jitka ein Stückchen zerknittertes Papier, darauf steht mit einem Bleistift gekritzelt: *P. R. 19° NB 86° WL*

«Das sind ja geografische Koordinaten, nicht wahr?», denkt Jitka laut nach. «19 Grad Nordbreite und 86 Grad Westlänge. Was mag dort liegen?»

Pérák reicht Jitka einen Globus und legt den Finger auf das Knötchen der Schnur, welche die Schinkenschlegel von Nord- und Südamerika verbindet.

«Ich hab's schon gefunden. Es ist die Halbinsel Yucatan.»

BEIM APOLINÁŘ
Im Jahr 1863 wurde Josef Hlávka vom Landesausschuss des Königreichs Böhmen zum Architekten einer neuen Entbindungsklinik erwählt. Der Bau unter Hlávkas Leitung begann im Jahr 1866.
1870 erlitt Hlávka einen Zusammenbruch und bestimmte Čeněk Gregor zu seinem Nachfolger. Dieser beendete den Bau erfolgreich im Juli 1875. Baukosten: 946'000 Gulden. Das grosszügige Backsteingebäude aus unverputzten Rotziegeln ist vermutlich das schönste Beispiel des romantisch-neugotischen Stils in Tschechien.

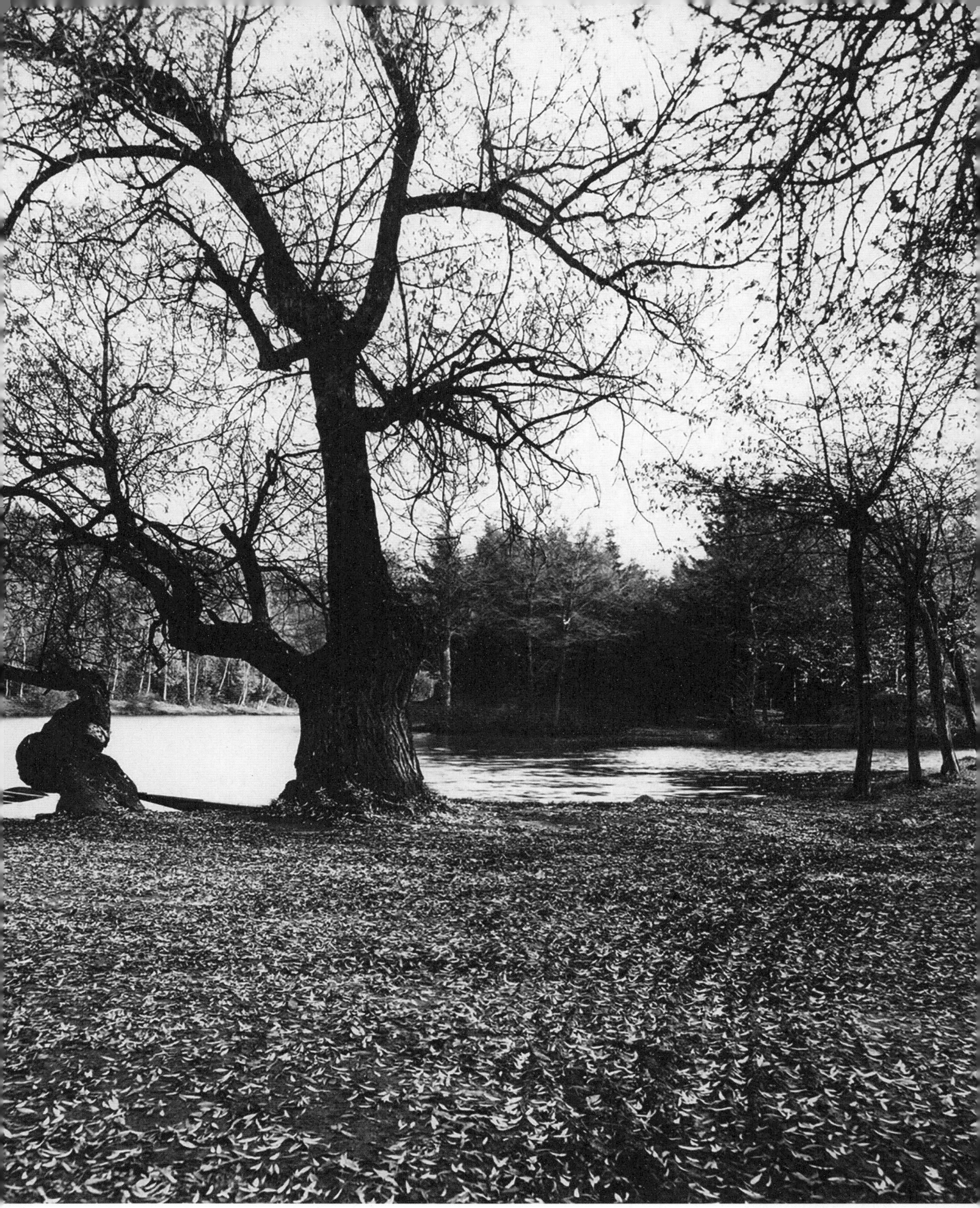

5 Düstere Moore inmitten der Masurischen Seen; eine Landschaft, die seit Jahrhunderten vom Geist des Deutschen Ritterordens getränkt ist.

Ein Städtchen aus Betonbunkern, die an Pyramiden mit abgehackten Spitzen erinnern, Mückenschwärme und kilometerweise Stacheldraht – das ist des Führers Hauptquartier, Wolfsschanze genannt. In seinem Bunker hat sich Hitler wie ein Häufchen Elend halb sitzend, halb liegend auf einem Plüschsofa zusammengerollt. An der Tür steht ein Adjutant in Habachtstellung. Hitler schluchzt vor sich hin: «So eine Undankbarkeit. So eine Schmach. Das hier soll der Lohn für all die Jahre sein, als ich in Not und Bedrängnis war, als ich meine Künstlerseele am Altar des Tausendjährigen Reiches geopfert habe. Als ich... und überhaupt. Holt Doktor Morell!»

Der Adjutant vollführt schweigend den Heil-Gruss und geht. Hitler hebt einen zerrissenen Brief vom Fussboden auf, setzt die Teile zusammen, liest ihn erneut und begiesst ihn mit Tränen.

«Ich soll also ein Kubist sein. Ich soll ein Freimaurer sein. Reinhard, mein Liebling, mein Kronprinz, wie konntest du mir das antun?»

Ein Klopfen an der Tür ist zu hören und Doktor Morell tritt ein. Er wischt sich die Hände an seinem schmuddeligen weissen Kittel ab und hinterlässt rosa-braun-grüne Spuren darauf. Dann zieht er eine klare Flüssigkeit aus einer Ampulle in eine Spritze und lässt ein wenig davon heraustropfen. Hitler versäumt keine Zeit und bindet sich inzwischen selbst den Arm mit einem Gummiband ab. Morell ertastet die Vene des Führers und klopft sie mit einem Fingerschnippen auf. Flink sticht er mit der Nadel ein und drückt den Kolben. Sobald er fertig ist, packt er seine Gerätschaften zusammen und verlässt hastig den Raum. Hitler bleibt eine Weile bewegungslos sitzen, dann springt er auf und brüllt wie am Spiess: «Heydrich, du Sau! Da hättest du gleich behaupten können, dass ich Jude bin!»

Das Selbstmitleid, die Schlaffheit sind dahin. Jetzt glänzen seine Augen, er bewegt sich blitzschnell und flatterhaft wie eine Motte. Mit einem Sprung landet er am mächtigen Schreibtisch, reisst mit blossen Händen die Platte heraus und schlägt den Rest zu Kleinholz. Daraufhin stürzt er zum Ohrensessel, zerreisst die Polsterung und zieht ihm buchstäblich die Haut ab. Dann zerrt er die schwere Holztür aus den Angeln und rennt hinaus in den Gang. Sämtliches Personal schleicht sich weg. Hitler reisst einen antiken Marmortorso vom Podest und zerschmettert ihn an der Wand. Dann stürzt er in die Küche, wo er einen Haufen Teller zerschlägt und den Herd umwirft, lässt dann einen ganzen Schinken wie einen Wurfhammer kreisen und schleudert ihn mit Wucht durchs Fenster. Endlich beruhigt er sich, setzt sich mitten auf den Trümmerhaufen und winkt den Adjutanten herbei. «Man soll mein Flugzeug bereit stellen. In einer Stunde will ich nach Paris fliegen.» Der Adjutant verbeugt sich und geht. Hitler lässt seinen Blick über die Verwüstung irren, die er eben angerichtet hat, dann fischt er ein Glas eingelegter Artischocken aus dem Chaos. Öffnet es, riecht daran, taucht die Finger hinein und holt sich ein besonders verlockendes Stück heraus. Schiebt es in den Mund, kaut daran und meint: «Hm, Artischocken. Wieder eines dieser Dinge, die besser klingen als schmecken.»

Das *Klementinum* in der Altstadt von Prag gilt als einer der grössten Gebäudekomplexe Europas. Ursprünglich als Jesuitenkolleg errichtet, kam es später in staatliche Hände und wurde zum Sitz der *Nationalbibliothek*. Das Bild zeigt den barocken Bibliothekssaal mit Fresken und wertvollen Globen.

6 Im barocken Saal des *Klementinums*, im Schatten riesiger Globen, stehen Pérák und Jitka an einem grossen Tisch, der mit Karten, Atlanten, Stechzirkeln, Kompassen, Sextanten und weiteren Erdvermessungsinstrumenten bedeckt ist. Pérák ist inkognito hier und trägt deshalb einen aprikosenfarbenen Ballonmantel über seinem Trikot sowie einen tief in die Stirn gesetzten weichen, hellgrünen Hut. Jitka trägt ein Kostüm mit markanten Schulterpolstern, sehr elegant, jedoch aus einem Protektoratsstoff von typisch schlechter Qualität angefertigt, über den gewitzelt wird, aus ihm würden hin und wieder Astknorren herausfallen.

«Es ist Unsinn, etwas auf Yucatan zu suchen. Die Deutschen lassen jetzt niemanden nach Amerika reisen!», schlägt Jitka mit der Faust auf den Tisch. «Und was bedeutet das *PR* am Anfang? *Pé-Rák*? Oder *Populus Romanus*?»

Pérák betrachtet die schöne Widerstandskämpferin durch das Visier des Sextanten. Als Jitka ihm einen sengenden Blick zuwirft, legt er den Sextanten sogleich weg und setzt gehorsam seine Überlegungen fort: «Oder die chemische Formel von Praseodym. Oder *Panta Rhei. Prinz Regent, Puerto Rico, Port Royal, Pink Rum, Public Relations, Per Rectum …*»

Jitka aber schüttelt jedes Mal den Kopf. In Gedanken versunken marschiert sie im Saal herum und bringt einen Globus nach dem anderen zum Kreisen. Schliesslich seufzt sie auf:

«Da kann nur noch Professor Kadlub helfen.»

«Professor Kadlub? Wer ist das?»

Jitka senkt die Stimme:

«Psst! Den Namen darf man nicht laut aussprechen! Kadlub ist die Grosshirnrinde des tschechischen Widerstands. Er kennt sich aus, sowohl in den Naturwissenschaften als auch im Okkultismus. Er weiss Bescheid über alles und für alles hat er eine Lösung.»

«So? Und wo finden wir ihn?»

«Nirgendwo. Er muss uns finden. Wir geben ihm lediglich ein Zeichen.»

Jitka zeichnet ein stilisiertes Kätzchen mit gebogenem Rücken auf ein kleines Stück Papier, dann zählt sie, an der Tür beginnend, das siebte Regal ab, von dort zieht sie das siebte Buch heraus, blättert vor zur siebten Seite und legt das Papier hinein. Sie schliesst das Buch, stellt es zurück ins Regal und lächelt Pérák an: «Jetzt werden wir eine Weile nicht springen. Lass uns einfach spazierengehen, ja?»

Die Ankunft der deutschen Besatzungstruppen in Prag am 15. März 1939.

7 Wir befinden uns auf dem geheimen Testflughafen in Prag-*Letňany*. Hier hat die tschechoslowakische Armee im Jahr 1919 die Flugzeugwerft *Letov* gebaut. Nach der Besatzung wurde sie von den Deutschen beschlagnahmt und in *Werk I* umbenannt. Aus dem Hangar fährt ein Kettenmotorrad *SdKfz 2* mit einer fliegenden Untertasse auf einem Fahrgestell im Schlepptau.

Die Untertasse im grünbraunen Farbton eines holzzerstörenden Pilzes ist noch ohne Tarnung, ihr Durchmesser beträgt mehr als zehn Meter und sie ist vier Meter hoch. Ihre Oberfläche wird lediglich von sechs grösseren und sechs kleineren runden Öffnungen unterbrochen, die rundherum angeordnet sind. In die grösseren münden Saugrohre und Düsen von Düsentriebwerken, in die kleineren Gewehrläufe von Schnellfeuerkanonen. Mit geübten Handgriffen trennen Mechaniker das Motorrad von der Untertasse und fahren es zurück in den Hangar. Die Untertasse erzittert und beginnt langsam, erhaben, in vollkommener Stille emporzusteigen. Etwa zehn Meter über der Erde springt der Motor an, aus einer Öffnung schlägt heisser Luftstrom heraus und die Untertasse fliegt in die entgegengesetzte Richtung los. Die geheimnisvolle Maschine vollzieht in der Luft unglaubliche akrobatische Nummern, die ein gewöhnliches Flugzeug in Stücke zerreissen würden: Sie verändert die Flugrichtung in rechtwinkligen Sprüngen, verharrt dann auf einer Stelle, woraufhin sie abrupt rückwärts fliegt. Ihre Flugbahn erinnert an Zufallsbewegungen eines Blütenstaubkorns unter dem Mikroskop.

Auf dem unteren Deck der Untertasse ist ein runder Tisch angeschraubt. Um ihn herum sitzen sechs Tibeter im Lotussitz, jeder von ihnen hält jeweils die linke Hand mit dem Handrücken und die rechte mit der Handfläche nach oben. Alle berühren sich gegenseitig mit dem Daumen und dem kleinen Finger. Ja, es sind diejenigen Mönche, die wir gestern in der Kneipe *U Fleků* angetroffen haben. Ihre Haut ist ungesund blass, die Augen gerötet, die Mägen flau, wie es nach einer durchzechten Nacht so geschieht. Und noch dazu muss die Untertasse gerade heute wie ein aufgescheuchtes Yak-Weibchen herumspringen … Es kommt, wie es kommen muss. Einer der Mönche nimmt die grüne Farbe seiner Handschuhe an, unterbricht die Handflächenrunde und fängt an, sich in seine Mütze zu übergeben. Die Untertasse drosselt das Tempo, erzittert und setzt zu einem schrägen Sinkflug an.

Die Testpilotin Hanna Tiersch sitzt im Pilotensessel oben am Diskus unter der Glaskuppel und kämpft mit der Steuerung des widerspenstigen Flugobjekts, dabei brüllt sie nach unten zu den Mönchen: «Was treibt ihr dort, ihr Gesindel? Ihr seid hier nicht auf dem Riesenrad! Gleichgewicht halten, sonst reinkarnieren wir alle hoch zwei!»

Am Ende schafft es Tiersch, die Untertasse einigermassen zu zähmen, sie fährt das Untergestell aus und landet hart beim Hangar.

GERADERICHTER FÜR KRÜMMER
Die Nazis waren unschlagbar darin, unsinnige Waffen zu erfinden. Etwa einen gekrümmten Waffenlaufaufsatz zum Schiessen um die Ecke. Oder den Riesenpanzer *Krupp P 1000 (Ratte)*, 35 m lang, 14 m breit und 11 m hoch, 1000 t schwer, ausgerüstet mit zwei Schiffskanonen C/34 mit dem Kaliber 280 mm, im Hauptturm nebeneinander angebracht, sowie einer Seitenkanone mit dem Kaliber 128 mm. Oder ein *Kettenkraftrad*. Oder die ferngesteuerte Bombe *Goliath*. Oder…

Flink klettert sie aus dem Cockpit, springt hinab auf den Betonboden und marschiert wütend zum Büro des Werft-Befehlshabers Lohengrin Zertüg. Sie bemüht sich nicht anzuklopfen, sondern tritt mit dem polierten Stiefel die Tür ein.

SS-Oberführer Lohengrin Zertüg, der Befehlshaber des Geheimprojekts *Krautsuppenschüssel*, sitzt in einem Drehsessel und gibt sich seinen Tagträumen hin:

«Fräulein Tiersch, hiermit verleihe ich Ihnen das Eiserne Kreuz.» Er hängt der Pilotin den Orden um den Hals, doch das Kreuz rutscht ihr immer wieder in die Vertiefung zwischen den Brüsten. «Da müssen wir uns behelfen und mehr Platz machen», spricht Zertüg entschlossen. Daraufhin zerreisst er ihre Uniformjacke, worunter sie völlig nackt ist, und die befreiten Brüste fliegen heraus wie Vögel aus dem Nest.

«Der Anfang war schon ganz gut, Herr Oberführer…», flüstert Tiersch sehnsüchtig.

«So ein Saustall, Herr Oberführer!», brüllt wütend Tiersch, diesmal die echte. Während sich der verdatterte Zertüg mühsam aus den klebrigen Fäden seiner Träumerei befreit, stellt sich die Pilotin vor ihn hin und durchbohrt ihn mit ihrem Blick. Wenn sie steht und er sitzt, sind sie beide gleich hoch. Und während Zertüg phlegmatisch ruhig bleibt, kocht Tiersch das Blut in den Adern. Sie schreit und stampft dazu mit dem Füsschen:

«Die Tibeter sind stockbesoffen. Vor einer Weile haben sie während des Flugs Auftrieb verloren. Ich bin fast abgestürzt!»

«Beruhigen Sie sich, Fräulein Tiersch. Gestern Abend habe ich den Mönchen erlaubt, die hiesigen Sehenswürdigkeiten zu besichtigen. Ich kann sie nicht andauernd unter Schloss und Riegel halten. Ich versichere Ihnen, dass sie sonst pausenlos meditieren.»

«Dann soll doch der Dalai-Lama einige mehr schicken, damit wir Ersatz haben, wenn sie sich besaufen.»

«Das tut er nicht. Das hier sind die sechs besten Levitatoren aus ganz Tibet. Weitere werden erst dann geboren, wenn diese gestorben sind.»

«Dann sollen sie doch verrecken, je früher desto besser!»

Tiersch macht auf dem Absatz kehrt, spaziert hinaus und schlägt die Tür hinter sich zu.

Zertüg seufzt: «Ach, diese Frauen… Aber es steht ihr gut.»

Dann hebt er den Telefonhörer und wählt eine Nummer.

«Hallo? Ist dort der Blumenladen *Putzige Nudel*? Hier SS-Oberführer Lohengrin Zertüg. Schicken Sie bitte sofort ein Dutzend schöne Rosen an die Adresse Fräulein Hanna Tiersch, *Berliner-Strasse* 5. Richten Sie den Strauss geschmackvoll zurecht, stecken Sie diesen grünen Unsinn drumherum, Sie wissen ja schon. Auf das Kärtchen schreiben Sie: Dein treuer Lohengrin.»

Treue um Treue!

Trommler 3⅓ ₰

Alarm 4 ₰

Sturm 5 ₰

Neue Front 6 ₰

GEGEN TRUST UND KONZERN

Sturm-Zigaretten G.m.b.H.

Ein Blick auf einen Abschnitt der *National-Strasse*, einer der wichtigsten Strassen Prags. Sie verläuft südwestlich entlang der ehemaligen mittelalterlichen Festungsmauern an der Grenze zwischen Alt- und Neustadt. Das Bild stammt aus dem Jahr 1933.

8 Zärtlich aneinandergehängt spazieren Jitka und Pérák auf der *Viktoria-Strasse*, der früheren *National-Strasse*. Es steht ihnen gut. Da öffnet sich einige Meter vor ihnen im Gehsteig ein eisernes Türchen und eine Aufzugsplattform mit einem Gestell in Form eines gotischen Bogens fährt heraus. Der Aufzugfahrer fängt zu husten an und bedeckt seinen Mund mit der Hand, ein erfahrenes Auge sieht aber, dass er in Wirklichkeit am Adamsapfel salutiert, ein Geheimzeichen der Widerstandskämpfer.

Jitka und Pérák steigen ein und beobachten, wie die Strasse allmählich nach oben entschwindet. Sobald der Aufzug unter die Erde eingefahren ist, beschleunigt er, verändert einige Male die Richtung und kommt schliesslich in einer geräumigen Höhle zum Stehen. Die Wachen lassen die Ankömmlinge nicht aus den Augen, bleiben aber stumm.

Der Aufzugfahrer führt sie durch ein Labyrinth von Gängen, Türen und Stegen. Überall wimmelt es von Menschen, die etwas Wichtiges zu tun haben. Man hört eine Lokomotive pfeifen, die auf einer schmalgleisigen Eisenbahnstrecke Wagen mit Material zieht. In einer geräumigen Halle setzt ein Team von Monteuren ein Periskop in den Turm eines noch nicht fertigen U-Boots. Von überall her kracht, quietscht und lärmt es. Übermütig zischt der Dampf, Schweissmaschinen schwingen ihre glühenden Funkenflügel. Endlich kommen sie an einer Tür an, auf deren Namensschild *Prof. Kadlub* steht. Der Aufzugfahrer klopft in einem komplizierten Rhythmus an, dann verabschiedet er sich von unseren Helden, indem er kurz seine Mütze antippt, dreht sich um und verschwindet. Hinter der Tür ertönt ein energisches: «Herein!»

Es sieht hier ein bisschen so aus wie bei Pérák zu Hause: verschiedene seltsame Maschinen, dicke Schriften, Glaszylinder mit eingelegten Präparaten und so weiter. Mit einer Ausnahme: Professor Kadlub besitzt alle Dinge zweifach. Offensichtlich ist er ein sehr vorausschauender Mann. Zwei gleiche Leuchter erhellen den Raum. An der Wand ticken nebeneinander zwei bis aufs Haar gleiche Uhren, auf dem Tisch erkalten zwei gekochte Eier und so weiter. Der Professor selbst ist ein Greis von zierlicher Gestalt mit einem langen, grauen Bart, der sich zu zwei Zipfeln aufteilt, so wie man es früher im Kaisertum Österreich zu tragen pflegte. Er sitzt im Rollstuhl.

Jitka begrüsst den Professor mit dem Widerstands-Gruss – einer am Hals ausgestreckten Handfläche: «Gut stehen!»

«Gut stehen!», antwortet der Professor, dann lächelt er und bietet den Besuchern zwei gleiche Sessel an.

«Setzt euch hin. Sei willkommen, Jitka. Herr Pérák, es ist mir eine Freude, Sie kennenzulernen.»

«Guten Tag, Herr Professor.»

«Euer Versuch, die *Wenzelskrone* zu retten, war ein verantwortungsloses Abenteuer. Jetzt wird sie sicher noch schärfer bewacht, möglicherweise schafft man sie sogar ins Reich. Ein Glück, dass du überlebt hast.»

Jitka wirkt auf einmal zerknirscht: «Verzeihen Sie, Herr Professor, Sie hatten Recht. Wir waren zu ungeduldig, haben uns zu sehr danach gesehnt, für die Heimat zu kämpfen!»

Der Professor runzelt die Stirn: «Wir hätten im Jahr achtunddreissig kämpfen sollen. Nun sind die Deutschen so stark, dass sie uns

mit dem Finger in der Nase hinwegfegen können. Wir müssen warten, bis sie geschwächt sind, dann schlagen wir zu.»
Pérák hält es nicht länger aus und fährt dazwischen: «Wir können doch nicht immer nur warten und nichts tun.»
Der Professor schlägt mit der Faust auf den Tisch.
«Richtig, junger Mann. Es ist notwendig zu handeln, wenn auch vorsichtig und im Verborgenen. Da das Reich uns bereits verschlungen hat, haben wir den Vorteil, uns in seinen Eingeweiden zu befinden, wo es wesentlich verletzlicher ist als auf der geharnischten Oberfläche. Wir müssen es verätzen, vergiften, zerlegen, zerfressen. Heutzutage ist es am Wichtigsten...»
Der Professor drückt einen Knopf unter dem Tisch, woraufhin aus zwei versteckten Lautsprechern das Vorspiel zu Beethovens *Ode an die Freude* aufbraust. Sogleich gesellen sich Jubelstimmen eines Kinderchors zu der Musik:

Sind euch eure Kinder teuer, die im Krieg nun gross werden,
kämpft nur mit dem Ungeheuer, ihr könnt das Schicksal abwenden.

Auf dem Feld und in der Fabrik, an dem Ort wo ihr was tut
denkt daran, die Sabotage zurück in die Freiheit führt.

Schmirgelpapier in die Lager, Sand in die Bomben, bleibt nur stur,
lasst euch dabei nicht erwischen, verwischt stets gründlich eure Spur.

Frischer Wind weht durch die Lande, nun wird's richtig losgehen,
soll der Krieg mit seiner Wirtschaft durch unser Zutun eingehen.

Professor Kadlub fährt fort: «...ja, heutzutage ist Sabotage das Allerwichtigste. Das jedoch gilt nicht für Sie, Herr Pérák, Sie können weiterhin mit den deutschen Besatzern Ihre lustigen Allotria treiben. Denn Ihre Stärke ist der Einzelkampf. Aus Ihnen muss ein Mythos und ein Vorbild für alle werden, wenn die Zeit eines Massenaufstands gekommen ist. Und noch etwas – nachdem Sie bereits mit Jitka Bekanntschaft geschlossen haben, lassen wir sie bei Ihnen, als Verbindung zu unserer Zentrale. Einverstanden?»
Pérák nickt bereitwillig: «Gerne, Herr Professor.»
Es scheint, als ob Jitka auch etwas sagen wollte, doch sie beherrscht sich, senkt den Kopf und schweigt.
Der Professor reicht Pérák die Hand: «Abgemacht.»
Dieser erwidert den festen Druck. «Sicher. Doch ich hätte noch eine Bitte an Sie. Ich weiss nicht, wer ich bin. Mein Gedächtnis reicht lediglich ein Jahr zurück in die Vergangenheit, als ich nackt aus der *Landesentbindungsklinik* flog. In meinem Ohr fand ich ein zerknülltes Papier mit der Aufschrift P. R. 19° NB 86° WL.»
Der Professor prüft das kleine Papier sorgfältig unter der Lupe, dann reibt er es, riecht daran und kostet es mit der Zungenspitze.
«Hm ... geographische Koordinaten von Yucatan, das ist eindeutiger Unsinn, nicht wahr? Sind Sie sicher, dass Sie Ihre Vergangenheit kennenlernen wollen, Herr Pérák? Viele würden ihr ganzes Vermögen dafür geben, sie zu vergessen. Und der Trieb ist manchmal ein besserer Ratgeber als die Erfahrung.»
Pérák denkt eine Weile nach, dann antwortet er entschieden: «Ich muss es wissen, Herr Professor. Ich muss wissen, wer ich bin, um gerecht entscheiden zu können, ob ich leben oder sterben soll.»
Der Professor schaut Pérák aufmerksam an: «Nun, das nenne ich einen Grund. Gut, ich helfe Ihnen. Diese geographischen Koordinaten ergeben keinen Sinn auf der Weltkarte. Doch in den Samm-

lungen des *Nationalmuseums* befindet sich eine Kuriosität aus dem sechzehnten Jahrhundert – ein Globus von Prag. Seinen Nordpol bildet die *Heilig-Kreuz-Rotunde* an der Ecke der Strassen *Konviktská* und *Karolíny Světlé*, den Südpol bildet der gesamte Umfang des damaligen Prags, die Stadtmauern also, zu einem einzigen Punkt zusammengeschrumpft. Die Fläche zwischen den Polen ist wie bei der Erdkugel in Längengrade von 0 bis 360 und Breitengrade von 0 bis 180 Grad eingeteilt. Versuchen Sie, die Koordinaten dort zu finden.»

Pérák umarmt Kadlub stürmisch: «Danke, Herr Professor. Kann ich mich irgendwie erkenntlich zeigen?»

«Ja. Ich habe erfahren, dass die Deutschen in der Flugwerft in Prag-*Letňany* ein Flugobjekt konstruiert haben. Es hat die Form einer Scheibe und kommt ohne Flügel aus. Der zum Fliegen notwendige Auftrieb wird von tibetischen Mönchen sichergestellt, welche die geheime Kunst der Levitation beherrschen. Die Maschine hat von allen Seiten den gleichen Durchmesser, so dass sie niemals wenden muss, dabei kann sie erstaunlich schnell die Richtung wechseln. Sie wird von neuartigen Turbinenmotoren ohne Propeller angetrieben, die bislang praktisch unbekannt, jedoch erstaunlich leistungsfähig sind.»

Der Professor reicht Pérák ein Foto über den Tisch. Wenn auch unscharf und körnig, ist darauf eindeutig eine fliegende Untertasse erkennbar.

«Die Maschine könnte den Deutschen zum Sieg verhelfen. Vernichten Sie sie, wenn möglich.» Pérák steht auf und salutiert am Adamsapfel: «Ich werde es versuchen. Gut stehen! Gehen wir, Jitka!»

Zurück auf der Strasse reicht Pérák Jitka seinen Arm, sie jedoch wendet sich ab.

«Was ist los mit dir, Jitka?»

«Nichts. Ich kann es nur nicht ertragen, wenn mich jemand behandelt, als ob ich sein Rasiergerät wäre.»

«Ich betrachte dich nicht als mein Eigentum, Jitka. Du bist aber ein Soldat und ich bin dein Befehlshaber. Und um uns herum herrscht Krieg.»

Jitka sieht Pérák trotzig an: «Ich verstehe, grossmächtiger Herr Kommandant. Weitere Befehle?»

«Gehen wir ins *Nationalmuseum*, den Globus anschauen.»

«Aber ich muss aus meiner Wohnung Geld, Ausweise und den Chiffrierschlüssel holen.»

«Bist du verrückt? Nach der gestrigen Aktion wird die Wohnung längst von der Gestapo überwacht. Weisst du was, Jitka? Du kannst bei mir wohnen.»

«Danke für das Angebot, aber wir müssen es riskieren. Ohne den Chiffrierschlüssel kann ich mich nicht mit London in Verbindung setzen.»

«Also gut, aber danach wirst du nur das tun, was ich dir sage.»

«Zu Befehl, Herr Kommandant.»

Jitka stellt sich auf die Zehenspitzen und küsst Pérák ohne Vorwarnung.

Eine Telefonzelle auf dem *Platz der Republik* in der Prager Neustadt in der Vorkriegszeit.

9 Ein Jüngling in rosa Uniform, auf dessen eimerartiger Mütze die Aufschrift *Putzige Nudel* in Gold aufgestickt ist, läuft mit einem wunderschönen Rosenstrauss die *Berliner-Strasse* entlang. In seiner Tasche steckt ein Ausweis auf den Namen Emil Kočí, von Beruf Blumenhändler, und er sieht wie ein Tölpel aus. Doch der Schein trügt, der Ausweis ist gefälscht, der junge Mann heisst in Wirklichkeit Victor Laszlo und ist einer der gefährlichsten tschechischen Widerstandskämpfer.

Vor dem Mietshaus Nummer fünf bleibt er stehen und drückt auf die Klingel.

Nach einer Weile ist durchs Sprechgitter eine verschlafene Stimme zu hören: «Ja?»

«Fräulein Hanna Tiersch? Hier ist der Blumenladen-Bote. Ich bringe Ihnen einen Blumenstrauss.»

«Komm herein, Putzi.» Ein Summer ertönt, die Tür geht auf. Der Bote rennt die Treppe hoch und betritt die Wohnung.

Er merkt sofort, dass hier eine Pilotin wohnt – an der Wand hängt ein zerbrochener Propeller, daneben ein Foto, das Tiersch mit Hitler in der Kabine eines Hubschraubers zeigt. Aus dem halbgeöffneten Schrank gucken etliche Pilotenhauben hervor, in verschiedenen Farbschattierungen, von rosa bis türkis. Tiersch steht im Morgenmantel da, mit einer Zigarette im Mundwinkel und dem Eisernen Kreuz am entblössten Hals. Sie lässt Wasser aus dem Wasserhahn in eine Vase einlaufen, die aus einem Flugmotoren-Zylinder angefertigt ist, und schiebt den Strauss hinein. Dann merkt sie, dass der Bote sie mit offenem Mund anstarrt. Tiersch deutet seine Verlegenheit falsch, also neigt sie sich zu ihm über den Tisch bewusst so, dass ihr kamelartiger Busen aus dem halb geöffneten Morgenmantel herausschaut.

«Interessierst du dich für Flieger, Junge? Möchtest du, dass ich dir zeige, wie ich den Knüppel anziehen kann?»

Der Bote reisst sich zusammen und stottert: «Entschuldigen Sie, Fräulein, ich muss gehen.»

Tiersch lacht und riecht so tief an den Rosen, dass die Blütenblätter reissen. «Das macht nichts. Wenn du etwas über den Sturzflug lernen möchtest, weisst du, wo du mich findest.»

Der Bote fängt das ihm zugeworfene Trinkgeld flink auf, verbeugt sich und verschwindet aus der Wohnung. Wieder auf der Strasse, betritt er die erstbeste Telefonzelle, wählt eine Nummer und meldet erregt in den Hörer: «…Hanna Tiersch, ja, die berühmte Testpilotin. Vor einer Weile habe ich sie mit eigenen Augen gesehen, sie sieht genauso aus wie Jitka, nur ist sie blond. Ja, *die* Jitka. Was? Die Figur auch. Sie sind wie Zwillinge, bis auf die Haarfarbe. Was? Im Kontakt? Das kann ich nicht, Herr Professor. Sie hat nämlich… Was? Ja, ganz genau. Wie bitte? Doch, doch, sie gefällt mir, aber sie ist eine Deutsche! Wie bitte? Na gut, wenn es für die Heimat ist, dann ja. Machen Sie sich bitte keine Sorgen. Ach ja, die Begrüssung. Gut stehen!»

Gedankenversunken kratzt er sich mit dem nun schweigenden Hörer hinterm Ohr, dann hängt er auf.

LASZLO
Einen anderen Lebensabschnitt des Widerstandskämpfers Victor Laszlo zeigt der US-amerikanische Film *Casablanca* (Regie: Michael Curtiz).

Der im Moldaubogen gelegene Stadtteil *Holešovice* auf einer Karte von Prag aus dem Jahr 1944.

10 Mit Jitka in den Armen springt Pérák durch Prag, bis er auf dem Dach des Hauses im Viertel *Holešovice* landet, wo die Widerstandskämpferin zur Miete wohnt. Die beiden beobachten eine Zeitlang die Strasse, doch es ist nichts Verdächtiges da – kein unauffällig geparkter Mercedes, kein Mann, der eine Zeitung mit Löchern, auf Augenhöhe ausgeschnitten, liest, kein Ledermantel, kein Hut mit Gamsbart. Vorsichtig klettern sie über den Dachboden ins Treppenhaus. Pérák horcht kurz an der Tür, dann klingelt er – zweimal lang und einmal kurz. Flüsternd erklärt er Jitka: «Gomorrha, Grossonkel. Der Buchstabe G also, im Morsealphabet geklingelt. So klingelt die Gestapo. Damit jeder weiss, sie kommen, und gleich schon mal vor Angst in die Hose macht.»

Nichts rührt sich. Pérák schnippt mit den Fingern, zeigt auf das Schlüsselloch und das Schloss zerfällt augenblicklich in Eisenstaub.

Jitkas Wohnung ist ein geschmackvoll eingerichtetes, nett aufgeräumtes Zimmer. Sie scheint ein anständiges und fleissiges Mädchen zu sein. Sie holt ein Päckchen mit Dokumenten aus der Tisch-Schublade und eine schwarze Armeepistole aus einem Geheimfach unter dem Parkettboden, sorgfältig in einen fettigen Lappen eingewickelt.

Von der Wand reisst sie eine Pseudo-Folklore-Stickerei ab mit der Aufschrift *So fromm wie dieses Lämmlein wünsch ich mir mein Männlein*.

Pérák entgeht nicht, dass auf der Stickgaze zwischen Blümchen, Lämmchen und Vögelchen ein Chiffre-Gitter aufgestickt ist.

Jitka verstaut alles sorgfältig in der Handtasche und schickt sich an zu gehen. Bevor sie aber die Klinke berührt, geht die Tür von selbst auf und die Putzfrau mit einem Eimer voller Wasser stürzt in die Wohnung. Jitka setzt ein freundliches Lächeln auf: «Guten Tag, Frau Petrlíčková, wir sind gerade dabei zu gehen.»

Die Putzfrau wirft Pérák einen strengen Blick zu: «Sie wissen doch, Fräulein, dass ich hier keine Männerbesuche leide.»

Pérák nimmt Jitka an der Hand, macht einen Schritt in Richtung Tür und sagt beschwichtigend: «Es geschieht nie wieder. Das Fräulein wird nämlich nicht wiederkommen.»

Die Putzfrau fischt eine Pistole aus dem Eimer und zielt auf unsere Helden. Aus dem Gewehrlauf fliesst zwar Seifenwasser, ansonsten macht sie aber nicht den Eindruck, auf Kuschelkurs zu sein.

«Keine Bewegung! Du bist ihnen also entwischt, du Hure! Beide schön an die Wand und Hände hoch!»

Sie gehorchen. Jitka fragt über die Schulter: «Warum haben Sie uns angezeigt, Frau Petrlíčková? Warum haben Sie das getan?»

«Weil ich Kommunistin bin. Und da bin ich richtig stolz drauf. Wenn der Genosse Stalin und der Genosse Hitler sich zusammentun und diesen Krieg gewinnen, dann werden sich die Kapitalisten nie mehr trauen, uns Proletarier auszubeuten.»

Pérák schaltet sich ins Gespräch ein: «Aber Frau Petrlíčková, lesen Sie denn keine Zeitung? Die Deutschen führen doch schon seit Juni Krieg gegen die Sowjets. Jetzt stehen sie bereits vor Moskau!»

Die Putzfrau setzt ein sehr verschmitztes Grinsen auf: «Das ist doch nur so 'ne List! Die tun nur so, als ob sie miteinander kämpfen täten, wenn der Imperialismus denen aber auf den Leim geht,

---

HOLEŠOVICE
Auf Deutsch *Holleschowitz*. Klingt das nicht wie *Sliwowitz*?

DAS PISTOLENDUELL
ČZ 38 (Číza), Kaliber 9 mm, konstruiert von František Myška: Dies sollte die Standardpistole der Tschechoslowakischen Armee werden. Doch die Deutschen kamen dem zuvor. Die Leitung der Waffenfabrik *Česká zbrojovka* (ČZ, auf Deutsch *Tschechische Waffenwerke*), liess rechtzeitig tausende Exemplare ‹verschwinden›, sodass die Pistole zum Symbol des tschechischen Widerstands wurde. Ähnlich wie die *P08 Parabellum* als Symbol der Okkupation galt. Ein Vergleich der beiden Pistolen sagt etliches über die Charakterunterschiede der beiden Völker aus: Die *Parabellum* besitzt die tödliche Eleganz eines Katzenraubtiers, die *Číza* hingegen ist bäuerlich einfach und klobig. Die *Parabellum* schiesst absolut zuverlässig, verlangt aber eine penible Sauberkeit. Die *Číza* schmollt ab und zu, aber etwas Schmutz kann ihr nichts anhaben. Die *Parabellum* besteht aus 56 Teilen, die *Číza* aus blossen 3 (!). Kurz und gut: Die *Parabellum* ist eine Ballkönigin, die *Číza* hingegen ein Mädchen für den Alltag.

dann werden die Kommunisten und die Nationalsozialisten mit gemeinsamer Faust auf ihn einschlagen und das Proletariat siegt auf ganzer Linie und über allem werden rote Fahnen wehen und alle kriegen das Gleiche ab und keiner wird dem anderen was neiden, zum Beispiel Klugheit, Fleiss, Liebe oder Glück, und so werden alle aufhören zu hetzen und das wird ein echtes Paradies auf Erden sein. Auch wenn es noch schlimmer kommt, als es jetzt schon ist.»

Pérák versucht vergeblich, eine ernste Miene zu behalten. Die Putzfrau herrscht ihn an: «Was gibt's da zu lachen, Bursche! Meint er etwa nicht, dass alle Leute gleich sind? Dass alle die gleichen Möglichkeiten haben sollen?»

«Nun gut, wenn wir die gleichen Möglichkeiten haben sollen, dann geben Sie mir doch auch eine Pistole. Oder stecken Sie die Ihre ein.»

«Meine Bewaffnung und deine Wehrlosigkeit bilden gemeinsam die dialektische Einheit der Gegensätze. Jetzt aber Schluss mit dem Gerede, auf geht's, die Arbeit ruft.»

Die Putzfrau setzt sich an den Tisch und zieht den Telefonapparat zu sich. Eine Weile wühlt sie im Gedächtnis, bis ihre Stirnfalten zu wogen anfangen. Als ob sie die Gehirnwindungen mit dem Schädel durchpusten wollte.

Am Ende fragt sie: «Weiss jemand die Nummer der Gestapo? Ich vergesse die immer.»

Jitka und Pérák schütteln die Köpfe. Petrlíčková fängt also an, im Telefonbuch zu blättern. Pérák fällt ein, dass jetzt der richtige Augenblick wäre, sie anzuspringen, doch Jitka scheint seine Gedanken zu lesen und schüttelt kaum merklich den Kopf.

Endlich findet die Putzfrau wonach sie gesucht hat: «Ah, da haben wir es. Mein Hirn ist ja wie ein Sieb…» Sie hebt den Hörer ab und wählt die Nummer. Sofort knallt ein Schuss und Petrlíčková fällt tot zum Boden. Der Schuss projiziert ihren halben Kopf in Vergrösserung an die Wand – ein Bild aus Gehirnmasse und Blut. Pérák springt zum Telefon. Aus dem Hörer raucht es noch, darin ist nämlich ein abgefeilter Gewehrlauf eingebaut. Dann blättert er das Telefonbuch durch, das ganz gewöhnlich aussieht, es aber nicht ist: Für alle Posten der Gestapo, der SS und der Wehrmacht ist darin die gleiche Nummer aufgeführt: *27953*.

«*27953* ist eine Nummer, die es nicht gibt, die keinem gehört. Die Wahl dieser Nummer schickt einen elektrischen Impuls in den Hörer, der eine Patrone aus dem Gewehrlauf abfeuert. Wir nennen es den Denunziations-Ton», erklärt Jitka.

«Das kam wie gerufen», lobt Pérák, er packt Jitka und sie laufen weg.

MOST k lepší existenci

tvoří

technické kursy D-U
školy vyučování na dálku

Obsluha parních kotlů	za K 30·—
Obsluha parních strojů a turbin	za K 25·—
Automobilový kurs	za K 50·—
Základy elektrotechniky	za K 50·—
Počty pro strojníky	za K 30·—

Získejte odborné znalosti, které jsou nejlepšími zbraněmi v životním boji

Prospekty a ukázky zasílá

Domácí učení ÚNV - Orbis
Praha XII, Schwerinova 46

Das *Palais Czernin* auf dem *Loretoplatz* nahe der *Prager Burg*. Dort residierte 1941 bis 1942 der stellvertretende Reichsprotektor Reinhard Heydrich. Heute ist das Palais Sitz des Aussenministeriums der Tschechischen Republik.

11 Hier kennen wir es schon – Heydrichs Arbeitszimmer im *Palais Czernin*. Es sieht aber ganz anders aus als tagsüber. Die Stühle sind teils umgeworfen, teils kaputt. Überall liegen wie Schnee Papiere herum, in kleine Stücke zerrissen. In einer Ecke quillt der Parkettboden unter einer grossen Urinpfütze.
Heydrich säuft Schnaps aus einer Literflasche, zwei ähnliche, allerdings leere Flaschen liegen bereits auf dem Boden herum. Er trinkt allein mit seinem Spiegelbild. Den Spiegel hat er auf den Tisch gestellt und ihn mit einer weiteren Flasche abgestützt. Der Obergruppenführer schenkt sich im regelmässigen Rhythmus ein, stösst an, Glas klirrt an Glas, und trinkt in einem Zug aus: «Prosit, Kamerad! Mein Kamerad Doppelgänger! Du bist der einzige, dem ich vertrauen kann.»
Mit jedem Schluck trinkt er sich ein bisschen näher an die Grundwahrheit heran: «Ich hasse Juden! Wie sehr hasse ich die Juden! Wie sehr hasse ich die Juden? Fast so wie die Tschechen. Die Tschechen hasse ich am meisten. Aber die Deutschen auch. Ich hasse die Deutschen, weil es sie gibt. Aber wartet mal. Der Hass wird einmal sein Ende haben. Weil es die Endlösung geben wird. Zuerst die Endlösung der Juden. Ich werde sie alle zu Tode hassen. Dann die Endlösung der Tschechen. Und am Ende die Endlösung der Deutschen, so dass nur ich allein übrig bleibe. Ich hasse nämlich alle Menschen. Aber dich hasse ich am meisten!»
Dabei zeigt er mit dem Finger auf sein Spiegelbild, reisst seine *Parabellum*-Pistole aus dem Holster und erschiesst es.
Zwei Kugeln fliegen gegeneinander, die eine aus Blei, die andere aus Licht. Sobald sie sich berühren, zerspringt der Spiegel in Tausende Scherben, in denen sich Heydrichs Gesicht bläht, krümmt und verdünnt, bis es endlich in der Dunkelheit verschwindet.

Die Haupttreppe des *Nationalmuseums*. Erbaut 1891, ist das monumentale Neurenaissance-Gebäude auf dem *Wenzelsplatz* eines der Wahrzeichen der Stadt Prag.

12

Nach einigen Sprüngen landen sie auf der Laterne am Hauptturm des *Nationalmuseums*. Pérák drückt mit dem Ellenbogen ein kleines Fenster auf und bindet ein Seil an den Blitzableiter, an dem sie hineinklettern. Der Dachboden des *Nationalmuseums* ist tatsächlich ein besonderer Ort. Unter der häkelspitzenartigen Landschaft riesiger Dachstuhlbalken, umhüllt von einem Staubpanzer, stehen Gegenstände herum, so einmalig, dass sie in keine Sammlung passten, und deswegen verstauten Wissenschaftler sie hierher, an einen Ort des ewigen Vergessens.

So laufen nun Pérák und Jitka an einem vollständig erhaltenen Skelett eines Kentauren auf einem dekorativen Sockel vorbei, dessen Knochen von goldenen Drähtchen zusammengehalten werden. Weiter an der Machynka von Johann Amos Comenius, einem echten *Perpetuum Mobile*, einst mit einem Holzpflock zum Stillstand gebracht, der jedoch mit der Zeit verfaulte, so dass die Maschine sich nun ungestört weiterdreht. Dann an einem Monstrum einiger zusammengewachsener Klaviere, aus denen ein eiserner Baum emporragt ... Nur ein echter Kenner entdeckt darin das Musikinstrument *Denis d'Or* von Prokop Diviš. Weiter an elf Kisten mit den Köpfen der tschechischen Standesherren und der Herren, die im Jahr 1621 hingerichtet worden sind. Vorbei an einem gekreuzigten Alraun, an einem Gleitflugzeug mit einem Antrieb aus Vergrösserungsgläsern. Und was auch immer hier noch herumliegt ...

Pérák und Jitka lassen alle diese Wunder links liegen, steigen eilig eine schmale Wendeltreppe hinab und treten durch eine Geheimtür seitlich der Jan Hus-Statue in den Pantheon-Saal ein, direkt hinter dem Rücken des Wächters, der auf den Füssen vor- und zurückwippt und dabei streng in alle Richtungen schaut. Pérák spielt mit ihm ein bisschen herum, indem er dicht hinter der Grenze seines Blickfelds vorsichtig mit den Händen in der Luft tastet, schliesslich verliert er den Spass daran und klopft ihm von hinten auf die Schulter: «Guter Mann, wir suchen den Globus der Stadt Prag.»

Der Wächter zuckt vor lauter Schreck zusammen, bis ihm die blaue Schildmütze fast vom Kopf fällt. Er schiebt sie zurecht und fragt streng: «In Teufelsnamen, wie seid ihr hergekommen?»

«Wir haben das übliche amtliche Verfahren übersprungen. Ich bin nämlich der berühmte Pérák, Herr Wächter.»

Darüber muss der Wächter so sehr lachen, dass er vergisst, sich zu ärgern. «Na klar, und das Fräulein hier ist eine chinesische Spassgottheit, nicht wahr? Also Franz, den Globus von Prag findet ihr in der Abteilung *C 2*. Und grüsst mir auch den Waldgeist und die Irrlichter!»

Einige Türen später, in der geografischen Abteilung *C 2*, finden Pérák und Jitka endlich das, wonach sie so lange gesucht haben. Unter einer Glocke aus Panzerglas steht hier ein echter Globus der Stadt Prag. Eine Weile betrachten sie ihn still und bewegungslos. Statt eines Sockels knien auf dem Fussboden die Bronzeskulpturen des *Atlas* und der *Karyatide*.

Beide Figuren stemmen die Globusachse mit jeweils einem Arm, während sie sich mit dem zweiten zärtlich umarmen. So verbindet und trennt der Globus das Liebespaar, beides zugleich. Es handelt sich wohl um eine solide Handarbeit – eine Holzkugel

---

MACHYNKA – MASCHINCHEN
Im Jahre 1639 konstruierte Jan Ámos Komenský (Johann Amos Comenius) nach jahrelanger mühsamer Arbeit ein *Perpetuum mobile*. Seine Erfindung nannte er je nach Laune nüchtern *MP* (ein Kürzel für *Motus Perpetuus*, das heisst *unaufhörliche Bewegung*) oder liebevoll *machynka* (Maschinchen), sogar *machynečka* (Maschinleinchen). Detailliert beschrieb er es in seinem Werk *Motus spontanei relatio* (London 1642, inzwischen verschollen).
Auch wenn er die möglichen wirtschaftlichen Vorzüge der Vorrichtung zu schätzen wusste, war ihm die theologische Nutzung am wichtigsten. So plante er, *Perpetua* auf Rädern mit Selbstantrieb in die ganze Welt hinauszuschicken, um den wahren Glauben zu verbreiten: «Auf Gottes Geheiss entsenden wir gegen euch dreihundert Maschinleinchen, an sich seelenlos, jedoch von Gott mit der Macht der Harmonie ausgerüstet, um alle Irrgläubigen zu Fall zu bringen.» (*Clamores Eliae* fol. 71C verso)
Es sollte sich also um eine Art Kampfroboter Gottes handeln, um unerschöpfliche Automissionäre.

DENIS D'OR
Kurz vor dem Jahr 1753 konstruierte Prokop Diviš, der Erfinder des Blitzableiters, ein Musikinstrument, genannt *Denis d'Or*, oder auch *Der goldene Diviš*. Es hatte 14 Klaviaturen, die mehr als 150 verschiedene Harmonien hervorbringen konnten. Durch seine 790 Saiten floss Elektrizität, die von einem Salon-Blitzableiter eingesaugt wurde, so dass es sich beim *Denis d'Or* um das erste elektrophonische Musikinstrument handelte. Es war nicht einfach, darauf zu spielen – schon aus dem Grund, dass der Spieler «durch eine Spezialvorrichtung einen elektrischen Schlag bekommen konnte, immer dann, wenn Diviš es so wollte», dafür aber konnte der Apparat eine Harfe, ein Klavier, ein Waldhorn, ein Fagott, eine Klarinette und andere Instrumente nachahmen. *Denis d'Or* sorgte seinerzeit für Begeisterung und Aufsehen in ganz Europa, nach Divišs Tod kam es ins *Wiener Hofmuseum*, von wo es an einen unbekannten Ort verschachert wurde.

LASST UNS DIE KÖPFE NICHT VERLIEREN!
Kaiser Ferdinand II. befahl, die Köpfe der 12 schlimmsten Missetäter, die am 21. Juni 1621 hingerichtet wurden, am Altstädter Brückenturm auszustellen. Ein Jahr später erlaubte er, einen der Köpfe zum dazugehörigen Körper ins Grab zu legen. Am 15. November 1631 wurde Prag von den Sachsen besetzt und mit ihnen kehrten einige Exulanten zurück. Diese haben am 30. November die restlichen Schädel vom Turm abgenommen, in Schachteln verpackt, in einen gemeinsamen Sarg gelegt, den sie dann an einem geheimen Ort begruben. Doch bereits am 25. Mai des folgenden Jahres wurden sie erneut vertrieben und die Köpfe blieben bis heute unauffindbar.
Am 18. Juni 1942 erschossen sich sieben tschechische Fallschirmjäger, die in der Prager *Karl-Borromäus-Kirche* (heute: *St. Cyrill-und-Method-Kirche*) eingekesselt waren. Die Gestapo hat den Leichen die Köpfe abgeschnitten und sie an einem unbekannten Ort versteckt. Die Köpfe aus den Jahren 1621 und 1942 sind durch unsichtbare Fäden des Opfers und des Widerstands verbunden. Welchen grausigen teutonischen Ritualen mögen sie wohl gedient haben?

mit einem Durchmesser von etwa 60 Zentimetern, beklebt mit Pergamentstreifen, auf die mit verschiedenfarbigen Tinten eine Karte gezeichnet wurde. Genau wie Professor Kadlub sagte, wächst der Nordpol dort aus der Erde, wo sich die *Heilig-Kreuz-Rotunde* befindet. Auf der Wiese hinter der Hungermauer pflügt ein Miniatur-Ackermann mit einem Ochslein eine kalligraphische Aufschrift ein: *Johannis Keppleri, orbis splendidus pragae, anno MDCVI*

«Hast du die Jahreszahl gesehen?», flüstert Jitka.

«1606 mit römischen Zahlen geschrieben. Daran ist nichts Besonderes», antwortet Pérák geistesabwesend.

«Aber doch. Wenn man den senkrechten Strich des Buchstabens *D* zu *C* hin verschiebt, sieht die Schrift von vorne genauso aus wie von hinten.»

«Das ist vermutlich ein Zufall. Jetzt aber lass mich nachdenken, meine Liebste, ja?»

Jitka schmollt eine Weile, dann hält sie es aber nicht mehr aus und fragt Pérák erneut: «Warum sind alle Strassen so schief?»

Pérák erklärt geduldig: «Weil derjenige, der den Globus gemacht hat, die flache Karte von Prag auf die Oberfläche einer Kugel übertragen musste.»

«Die Erde ist aber auch rund oder etwa nicht?», zweifelt Jitka weiter.

«Ja, aber ungefähr zehn Millionen Mal weniger rund als dieser Globus hier.»

«Aha. Klar.»

Pérák sieht sich um. Keiner da. Also hebt er die schwere Glasglocke wie eine Eierschale und legt sie vorsichtig auf den Boden. Das Glas klirrt leise. Voller Bewunderung beobachtet Jitka, wie seine Muskeln dabei Puppentheater spielen.

Aus der Nähe ist erkennbar, dass der Globus in Längen- und Breitenkreise in Abständen von zehn Grad eingeteilt ist. Pérák legt den Finger auf den Breitenkreis 20 Grad Nordbreite, dann dreht er den Globus langsam, bis er am Längenkreis 90 Grad ankommt. Weiter verfeinert er die Koordinaten mit einem Stechzirkel und am Ende erklärt er triumphierend: «Jetzt habe ich es. Es ist das Haus neben dem Engelsgarten an der Ecke von *Jindřišská* und *Bredovská*, heute steht das Gebäude der Hauptpost dort.»

Die beiden umarmen sich freudig. Da hören sie Schritte, die sich über den Korridor nähern – es ist der Wächter auf seinem Rundgang. Im letzten Moment hebt Pérák die Glasglocke hoch und stellt sie millimetergenau auf ihren Platz zurück. Und schon ist der Aufpasser da, seine Augen bügeln den ganzen Raum nieder, dem geübten Blick entgehen nicht die langsam schwindenden Fingerabdrücke auf dem Glas, also droht er Pérák schelmisch mit dem Finger: «Nicht anfassen, nicht füttern!»

Der *Atlas* versucht weiterhin vergeblich, die *Karyatide* zu umarmen.

Als sie unversehrt aufs Dach des *Nationalmuseums* zurückkehren, hebt Pérák wie gewohnt Jitka hoch und setzt zum Sprung an. Doch Jitka legt ihm den Finger auf die Lippen und fährt ihm übers Kinn bis in die weiche Grube zwischen den Schlüsselbeinen: «Warum so eilig, Fröschlein?»

Die Berührung verwirrt Pérák.

«Na – in die *Jindřišská-Strasse* doch.»

Jitka fängt an, sein Ledertrikot auf der Brust aufzumachen.
«Es ist schon spät heute – schau, es dämmert.»
Pérák sieht sich nach der Sonne um und plötzlich schlägt eine heisse, feuchte Flamme in sein Ohr.
«Dein Ohr ist schön wie ein Labyrinth, ich möchte mich von dort nach draussen hindurchbeissen, auch wenn ich weiss, dass ich für immer verloren bin», flüstert sie.
«Deine Nase ist prächtig wie die Spur eines verletzten Hirsches im Schnee», antwortet er.
«Dein Bauch ist wie eine Pfanne Buchteln …»
«Ich ertrinke in der Lava der Vulkane deiner Brüste …»
Da liegt Jitka nicht mehr in seinen Armen, sie hat ihn bestiegen und Pérák ist jetzt tatsächlich nach einem Sprung zumute.
Sie lieben sich und Prag liegt wie ein gemachtes Bett unter ihnen. Unten ist die Stadt in die Dunkelheit getaucht, schwarz ist auch der Himmel oben, nur die Wolken dazwischen spiegeln noch die Strahlen der Sonne, die bereits unterging, und leuchten braunrot wie glühende Felsblöcke.
Aus Jitka und Pérák sind nur noch schwarze Umrisse übriggeblieben, die sich von der Glut abheben und dabei zu einer einzigen Silhouette verschmelzen …
Eine Weile sehen sie aus wie ein Skorpion, der sich selbst gestochen hat und nun in Krämpfen stirbt. Dann wieder wie ein aufkeimendes Getreidekorn. Ein schlagendes Herz, von einem Aztekenpriester bei lebendigem Leibe aus dem Brustkorb herausgeschnitten und der Sonne geopfert. Ein im Eis halb eingefrorener Schwan, der vergeblich versucht hochzufliegen.
Sie lieben sich überall dort, wo sich erdverhaftete Menschen nicht lieben können: In dem von einem Dreigespann gezogenen Wagen auf dem Dach des *Nationaltheaters*. Auf der Glatze des *Palacký*-Denkmals. Auf den Spitzen der Gaslampen-Kandelaber auf dem *Hradschiner*-Platz. Aufgehängt auf den Ziffernblättern der astronomischen Uhr am Altstädter Rathaus. Auf der Spitze des Aussichtsturmes *Petřín*.
Die Silhouette des Liebespaars hebt sich ab vom riesigen Mond, der sich über den halben Himmel aufspannt, wie in einem schlechten Film. In der nahegelegenen Sternwarte wendet ein Astronom nicht einmal den Kopf vom Fernrohr ab, ohne hinzusehen ertastet er in der Schublade einen Revolver und hält den kühlen Gewehrlauf an seine Schläfe. Ein Schuss knallt und eines der dunklen Fenster des Observatoriums leuchtet für einen Augenblick auf. Die Nacht neigt sich dem Ende zu. Pérák legt vorsichtig die halb schlafende Jitka ins Bett. Sie kuschelt sich ein und murmelt: «Mmmh, Pérák, jetzt weiss ich, dass du ein echter Sprungmann bist.»

…unter einer Glocke aus Panzerglas steht hier ein echter Globus der Stadt Prag…

Der *Wilson-Bahnhof*, der Prager Hauptbahnhof, im Jahr 1949.

13

Es ist Morgen. Das persönliche Flugzeug des Führers streicht im Flug die Senkrechte des Eiffelturms durch. Der Triumphbogen erinnert von oben an ein Kinderbauwerk aus Holzklötzen. Der ganzen Höhe nach flattern an ihm Fahnen mit Hakenkreuzen. Nach der Landung geht das Türchen auf und Hitler, eingemummt in einen viel zu grossen Soldatenmantel, steigt die Treppe hinab. Auf dem Flughafen erwartet ihn keine Militärparade. Keine Massen schmachtender Verehrerinnen und Kinder zum Halten auf dem Arm. Er ist nämlich inkognito da. Hitler setzt sich in den bereitgestellten schwarzen Mercedes und knurrt den Fahrer schroff an: «*Rue Cadet* Nummer 16. Aber pronto.»

Nach einer wilden Fahrt bremst die Limousine vor einem prächtigen, jedoch bereits etwas heruntergekommenen Palais, Hitler springt heraus und klingelt. Ein Strassenkehrer schiebt einen witzig aussehenden Wagen durch die Strasse und kehrt Paris' nächtlichen Schmutz hinein. Der Duft von frisch gebackenem Baguette weht durch die Gegend. Aus dem Kühler des Mercedes steigt Rauch auf. Hoch oben an der Tür öffnet sich ein Guckloch, durch das ein Diener in Livree hinausspäht: «Monsieur wünscht?»

«Melden Sie mich bei Ihrem Herrn an. Ich bin ein guter Bekannter von ihm.»

«Es tut mir leid, aber Herr Graf empfängt heute niemanden. Er ist zu beschäftigt.»

Hitler stellt sich auf die Zehenspitzen, um mit dem Mund an das Guckloch heranzureichen, und zischt: «Richten Sie ihm aus, Mister Loup ist gekommen …»

Sobald der Name des Raubtiers fällt, fliegt ein Schatten des Schreckens über das Gesicht des Dieners und augenblicklich lässt er den Eindringling hinein. «Warten Sie bitte im Salon, ich melde Sie sogleich bei meinem Herrn an.»

Während Hitler im Salon nervös mit den Stiefeln den Perserteppich durchhämmert, läuft der Diener über den Flur und drückt auf einen versteckten Knopf, womit eine Geheimtür aufgeht. Dahinter führt eine steile Treppe in eine unterirdische Höhle, wo sich der heilige Tempel der Freimaurerloge *Grand Orient de France* befindet. Mitten im Saal stehen zwei mystische Säulen *Jachin* und *Boaz*, auf der Schnur zwischen ihnen hängt ein Abzeichen mit einem Zirkel, der einen Winkel durchkreuzt, und der unselig berühmt gewordenen Ordensformel: *Liberté, Égalité, Fraternité*.

Graf Lemour, gekleidet in die Grossmeister-Robe, leitet eben eine Versammlung der Freimaurer. «Nun gut, Brüder, wir hörten gerade den anregenden Bericht des Schatzmeisters … Möchte jemand noch etwas beitragen? Meister Pavot meldet sich…» Ein faltiger Greis, dessen Bauch sich wie ein riesiges Henri-Ei unter der Ordenskutte aus Lammleder wölbt, erhebt sich und schnauft:

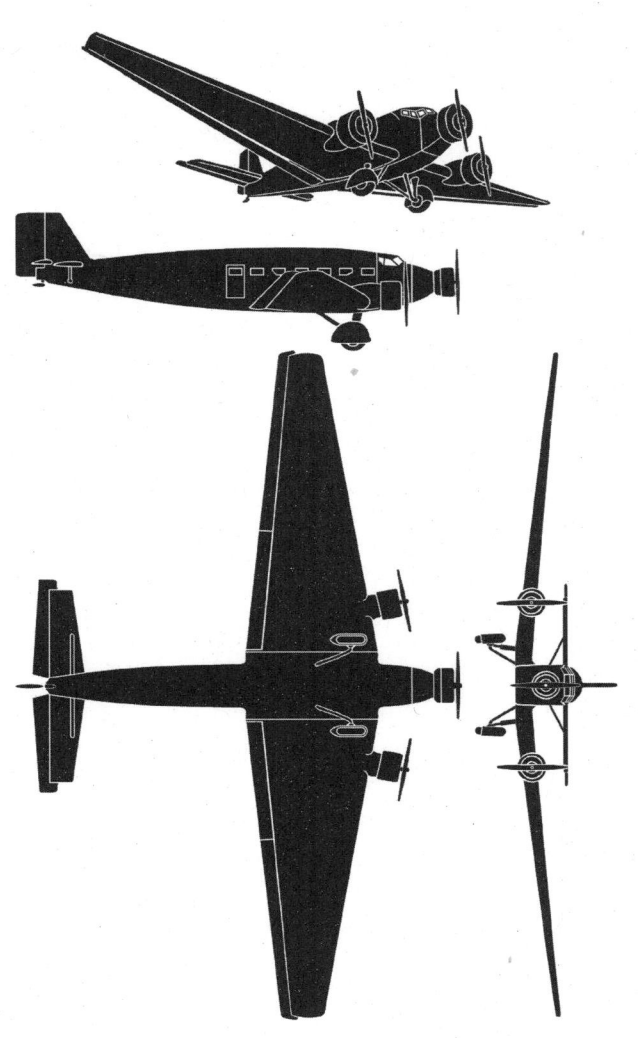

JU-52
Das persönliche Flugzeug des Führers. Hitler flog ausschliesslich mit dem dreimotorigen Tiefdecker *Junkers 52*. Es war eine robuste, zuverlässige, unverwüstliche Maschine, ein Standardtransportflugzeug der Luftwaffe.

EIN SYMBOL DES VERRATS
Emanuel Moravec (17. April 1893 bis 5. Mai 1945) war ein guter Soldat und Schriftsteller. Berühmt wurde er jedoch als ein Musterbeispiel des tschechischen *Wendehalsismus*. Seit 1917 ein russischer Legionär, nach dem Krieg Stabsoffizier der neu gegründeten Tschechoslowakischen Armee, Professor für Kriegsgeschichte und Strategie an der Prager Militärhochschule. Politisch zunächst ein überzeugter Anhänger des Präsidenten T. G. Masaryk, während der Münchner Krise trat er vehement für die Verteidigung der Republik ein, er arbeitete sogar daran, Beneš zu stürzen und eine Militärdiktatur einzuführen. Als jedoch Beneš gegen den Willen der Mehrheit des Volkes kampflos das Münchner Diktat akzeptierte, polte Moravec um und wurde zum eifrigsten Helfershelfer der deutschen Besatzer. Das Motiv dieser persönlichen Wende schien jedoch nicht etwa Opportunismus zu sein, sondern eine verschmähte Liebe. Der neue Reichsprotektor Heydrich erkannte im Moravec den intelligentesten unter den tschechischen Verrätern und ernannte ihn 1942 zum Schulminister und Leiter des sog. Kuratoriums für die Jugenderziehung. Die tschechische Jugend zwischen zehn und achtzehn Jahren war zur Mitgliedschaft verpflichtet und wurde in Kriecherei gegenüber den Besatzern geschult. (Unter den Kommunisten mutierte dieser Verband zum *Tschechoslowakischen Jugendbund*.)

«Ich danke dem Grossmeister für das erteilte Wort. Teure Brüder, ich schlage vor, unseren geheimen Freimaurer-Gruss abzuändern. Wie ihr alle wisst, unterscheiden wir Freimaurer uns von gewöhnlichen Leuten dadurch, dass wir uns beim Händedruck insgeheim mit gebogenen Ringfingern schmeicheln. Das ist die Tradition. Doch oh weh, Brüder, mich kitzelt unser Geschmeichle so schrecklich, dass ich dabei immerzu lachen muss, was ungehörig ist, zum Beispiel bei einem Begräbnis. Deswegen schlage ich vor, den Gruss abzuändern, und zwar in eine kleine Drehung, hin und her, an der Längsachse der Hand …»
Manche der Freimaurer stehen bereits während Pavots Rede auf und protestieren zornig. Andere hingegen klatschen. Am Ende bricht ein heilloses Tohuwabohu aus, zu den Beschimpfungen gesellen sich faule Tomaten. Dazwischen flüstert der Diener Lemour ins Ohr, der Wolf sei gekommen. Der Graf überwindet routiniert eine Anwandlung von Panik und schlägt mit einem silbernen Hämmerchen auf den Tisch: «Ruhe, Brüder. Wir gönnen uns eine kleine Pause, um den Vorschlag von Meister Pavot in Ruhe durchzudenken. Ich komme gleich zurück.»
Einige Minuten später betritt er den Salon, wo Hitler mittlerweile mit Interesse antikes Porzellan in einer Vitrine betrachtet.
«Mein Führer, Sie hier? Was verschafft mir die Ehre …»
«Schluss mit dem Gerede, Lemour. Ich weiss genau, dass ich kein willkommener Gast in diesem Hause bin. Ich brauche einen kleinen Dienst von Ihnen.»
«Habe ich Ihnen nicht schon genug gedient?»
«Gerade deswegen, lieber Lemour, weil Sie mir bereits genug gedient haben, werden Sie mir noch einmal dienen. Ein letztes Mal. Wenn Sie es gut anstellen, lasse ich Sie in die Schweiz gehen.»
«In die Schweiz, da würde ich gern hin. Was aber, wenn ich nicht mitmache?»
«Dann werde ich veröffentlichen lassen, wie gut du mir bereits gedient hast. Das wird ein Leckerbissen für die Zeitungen sein: Der Grossmeister der französischen Freimaurer hat im Dienste Adolf Hitlers die Tschechoslowakei genötigt, ihre Grenzgebiete ohne einen einzigen Schuss abzutreten.» Lemour schwankt und knöpft sein Hemd am Hals auf. «Genug, Sie Teufel. Was wollen Sie nun?»
«Der ehemalige tschechoslowakische Präsident Beneš ist nach England geflohen. Neben anderen Gemeinheiten lässt er dort eine Truppe tschechischer Fallschirmjäger ausbilden, die auf dem Gebiet des Protektorats Böhmen und Mähren ausgesetzt werden sollen, um dort ein Attentat auf den Schulminister Emanuel Moravec zu verüben. Dieser Moravec ist der einzige fähige Mann in der Protektoratsregierung, der dem Dritten Reich gegenüber loyal ist, verstehst du! Alle anderen sind entweder blöd oder sie kollaborieren mit der Widerstandsbewegung. Deine Aufgabe ist es, Beneš zu zwingen, das Ziel des Attentats zu verändern.»
Lemour schenkt sich etwas Chartreuse in ein Stielglas ein und leert es in einem Zug: «Wer also soll anstatt Moravec getötet werden?»
«Der Reichsprotektor Reinhard Heydrich!» brüllt Hitler.
«Mon Dieu! Der… Der? Aber warum?»
«Kümmere dich nicht darum, das würdest du sowieso nicht verstehen.» Der Führer beendet das Gespräch schlicht dadurch, dass

er geht. Lemour sitzt eine Weile leblos im Sessel herum, dann kommt er ein wenig zu sich und schenkt sich noch ein Stielglas ein. Aus dem Geheimfach seines Schreibtisches holt er einen Telefonapparat ohne Wählscheibe und hebt den Hörer ab. Sofort ertönt darin ein Klingelton.

Unmittelbar darauf rasselt eines der Telefone auf dem Tisch in der Residenz des tschechoslowakischen Exilpräsidenten in Südengland. Am Schreibtisch sitzt Edvard Beneš und schreibt etwas Wichtiges. Mit finsterer Miene blickt er den Apparat an, dieser jedoch hört nicht auf, wie verrückt zu klingen. Beneš zögert noch eine Weile, dann hebt er widerwillig den Hörer, als ob es ein verdorbenes Würstchen wäre.

«Hallo, hier Beneš.»

«Hier ist Graf Lemour. Lieber Bruder, ich benötige eine Gefälligkeit von Ihnen.»

«Gefälligkeit? Das letzte Mal, als Sie mich um eine Gefälligkeit gebeten haben, ist mein Volk in Unfreiheit gefallen. Sie wagen es…?»

«Ja, ich wage es. Lieber Beneš, es ist mir bekannt, dass Sie Fallschirmjäger ausbilden, um ein Attentat auf Minister Moravec zu verüben. Beneš blinzelt erschrocken: «Woher wissen Sie das? Das ist doch streng geheim!»

«Darauf kommt es jetzt nicht an. Ich will, dass Sie Moravec in Ruhe lassen. Anstelle von ihm lassen Sie Heydrich töten.»

«Das tue ich nicht.»

«Nicht?», Lemour lächelt düster. «In dem Fall lasse ich veröffentlichen, dass Sie auf meine Weisung hin im September 1938 den Deutschen die Grenzgebiete ohne einen einzigen Schuss überlassen haben. Das wird ein Futter für die Zeitungen sein!»

«Aber damals habe ich es getan, weil Sie mich erpresst haben! Sie haben damals gedroht zu veröffentlichen, dass wir auf der Pariser Konferenz mit Schmiergeldern das Karpatenrussland erworben hatten.»

«Na und? Jetzt erpresse ich Sie eben wieder. Das kennen Sie doch schon, also brauchen Sie sich nicht zu wundern.»

Beneš kaut eine Weile schweigend an seinem Schnurrbart, dann meckert er mit gebrochener Stimme: «Gut, ich werde es tun.»

«Bon.»

Beneš legt den Hörer auf, fährt wie ein Springteufel vom Stuhl hoch, packt einen grossen Aschenbecher aus Kristallglas, hebt ihn über den Kopf und schickt sich an, ihn an der Wand zu zerschlagen. Doch im letzten Moment erschrickt er und legt den Ascher vorsichtig auf seinen Platz zurück, haucht ihn sogar noch an und poliert ihn mit dem Ärmel. Im zweiten Versuch packt er eine chinesische Vase und holt mit dem Fuss aus, um sie zu zertreten, dann aber überlegt er es sich anders und stellt die Vase zurück. Er springt hinauf auf den Kristallleuchter, strampelt mit den Beinen und versucht zumindest einen Klunker abzureissen, doch die halten wie angewachsen. Also springt er hinunter, reisst aus seinem Notizblock ein sauberes Blättchen heraus und zerreisst es wütend in Stückchen. Beruhigt setzt er sich zurück an den Tisch und wählt eine Nummer. «Hier spricht der Präsident Doktor Beneš. Verbinden Sie mich mit Oberstleutnant Moravec. Herr Oberstleutnant, kommen Sie sofort zu mir, ich will mit Ihnen eine minimale, doch fundamentale Planänderung besprechen. Danke.»

BENEŠ-FAUST
Edvard Beneš hat sich im Jahr 1918 dem Teufel verschrieben. Als Gegenleistung sorgte der Teufel dafür, dass die Grossmächte zu der neu entstandenen Tschechoslowakei das Karpatenrussland dazuwarfen – ein kleines, spärlich besiedeltes Land, wirtschaftlich unbedeutend, doch strategisch höchstvorteilhaft das Dreiländereck Polen, Rumänien und die Sowjetunion beherrschend. Mit diesem Anhängsel war die Republik zu würstchenförmig, was die militärische Verteidigung erschwerte. Der Aufbau der dortigen Infrastruktur saugte zudem die tschechische Wirtschaft aus. Beneš aber wurde dafür der Zutritt zu hoher internationaler Politik gewährt. Nach 20 Jahren, im September 1938, kam der Teufel zurück, um seine Seele zu holen. Doch Beneš überlistete ihn und schickte die Tschechoslowakei anstatt sich selbst in die Hölle. Nach weiteren zehn Jahren, im Februar 1948, erschien der Teufel erneut und Beneš opferte ihm die Tschechoslowakei zum zweiten Mal. Er selbst starb nur ein halbes Jahr später. War es das die paar zusätzlichen Lebenstage wert?

Ein Blick auf die *Jindřišská-Strasse (Heinrich-Strasse)* mit dem gotischen Glockenturm der *St. Heinrich und Kunigunde-Kirche.*

14 Pérák möchte Jitka mit dem Duft frisch gebackener Semmeln wecken und so springt er in die Bäckerei um die Ecke. Die Bäckerin ist aber eine Deutsche und trägt das goldene Abzeichen der NSDAP auf dem Revers. Sie merkt, dass der Kunde nicht über den Gehsteig gelaufen kam, sondern von oben auf ihn herabfiel, und so hebt sie den Hörer und ruft die entsprechende Stelle an.
Dann quatscht sie lange mit Pérák und hält ihn auf, bis es geschieht: Als er den Laden endlich verlässt, erwarten ihn bereits zwei SS-Männer mit Flammenwerfern auf der Strasse, grinsend lassen sie lange, fettig qualmende Flammen auflodern. Ein Dritter legt ein Sprachrohr an den Mund und brüllt in gebrochenem Tschechisch: «Du Sprungmann, heb' ssofort die Hände hoch und gieb auf, es passirt dir nix!»
Pérák springt blitzschnell hoch. Die Feinde speien Feuer nach ihm, doch er landet genau berechnet zwischen den beiden und legt sich gleich hin, so dass sich die Angreifer mit den Flammenwerfern gegenseitig niederbrutzeln. Sofort springt er wieder auf und rammt mit einem gezielten Tritt dem dritten sein Sprachrohr in den Hals. Als es wieder ruhig wird, kehrt er auf einen Schwatz in die Bäckerei zurück.
Hinter dem Pult zittert die Bäckerin wie eine überreife Mohnkapsel.
«Nun weiss ich endlich, aus welchem Holz Sie geschnitzt sind. Zeigen Sie mir den Ofen? Aber, aber, Sie werden sich doch nicht lange bitten lassen.»
Beide schweigen einen Moment.
«Kennen Sie das Märchen von Hänsel und Gretel?», fragt Pérák schliesslich. Die Bäckerin kniet sich hin und faltet die Hände: «Ich habe sechs Kinder!»
«Sie kennen es also! Ausgezeichnet, dann muss ich Ihnen nicht erklären, wie es geht.»
Nun will sich die Dame aber nicht freiwillig auf die Schaufel setzen, also muss sie festgebunden werden. Als Pérák aus der Backstube in den Laden zurückkehrt, warten die Leute bereits Schlange. «Heute ist alles umsonst und ohne Lebensmittelkarten zu haben», vermeldet er. «Aber die Buchtel ist noch im Rohr.»

«Was hast du schon wieder angestellt?», ärgert sich Jitka. «Schau dich nur an, dein Mantel ist voller Russ.»
Aber Pérák lässt sich die gute Laune nicht verderben.
«Der Teufel hol den Mantel. Zieh dich an, Teuerste, wir wollen das Geheimnis meines Seins lüften!»
Kurze Zeit später stehen die beiden bereits in der Halle der Hauptpost in der *Jindřišská-Strasse* und beäugen misstrauisch die ein- und ausströmenden Menschenmassen. Vor lauter Enttäuschung ringt Pérák nach Luft. Kann denn an einem Ort wie diesem ein Geheimnis verborgen sein?
Soll er etwa zum Schalter gehen und sagen: Geben Sie mir einen Stempel, damit ich weiss, wer ich bin?
Er kramt in seiner Manteltasche und zieht den Zettel mit den Koordinaten raus, untersucht ihn kurz, verdeckt dann sein Gesicht mit dem Hut und jubelt leise. Die Flammenwerfer versengten das Papier bräunlich und durch die Hitze trat eine zuvor unsichtbare, wohl mit Geheimtinte erstellte Zeichnung hervor. Ein Punkt in-

mitten zweier Kreise. Was aber kann das bedeuten? Ein Rad? Ein Auge? Eine Zielscheibe?

Er reicht Jitka den Zettel. «Sieh mal, was da aufgetaucht ist. Kennst du das Symbol?»

Die junge Frau denkt laut nach: «Wäre dort ein Rädchen weniger, wäre es ein Zeichen für Sonne und Gold. Wäre der Punkt nicht da, könnte es ein Hut von oben sein. Wäre…»

«Weisst du was?», unterbricht sie Pérák. «Wir laufen erst einmal um das Haus herum, vielleicht sind wir nachher klüger.» Sie gehen hinaus, halten sich rechts und an der Ecke wieder rechts in die *Bredovská-Strasse* hinein. Dort lauert das Grauen, ausgestrahlt vom Sitz der Gestapo im *Palais Petschek*. Schon wollen sie umkehren, als Jitka ein unauffälliges Türchen entdeckt, auf dessen abblätterndem Schild das gleiche Bild wie auf dem Zettel zu sehen ist. Darunter drei Buchstaben: *ZRP*

Es ist nicht abgeschlossen. Unbewusst nehmen sie sich an den Händen und treten ein.

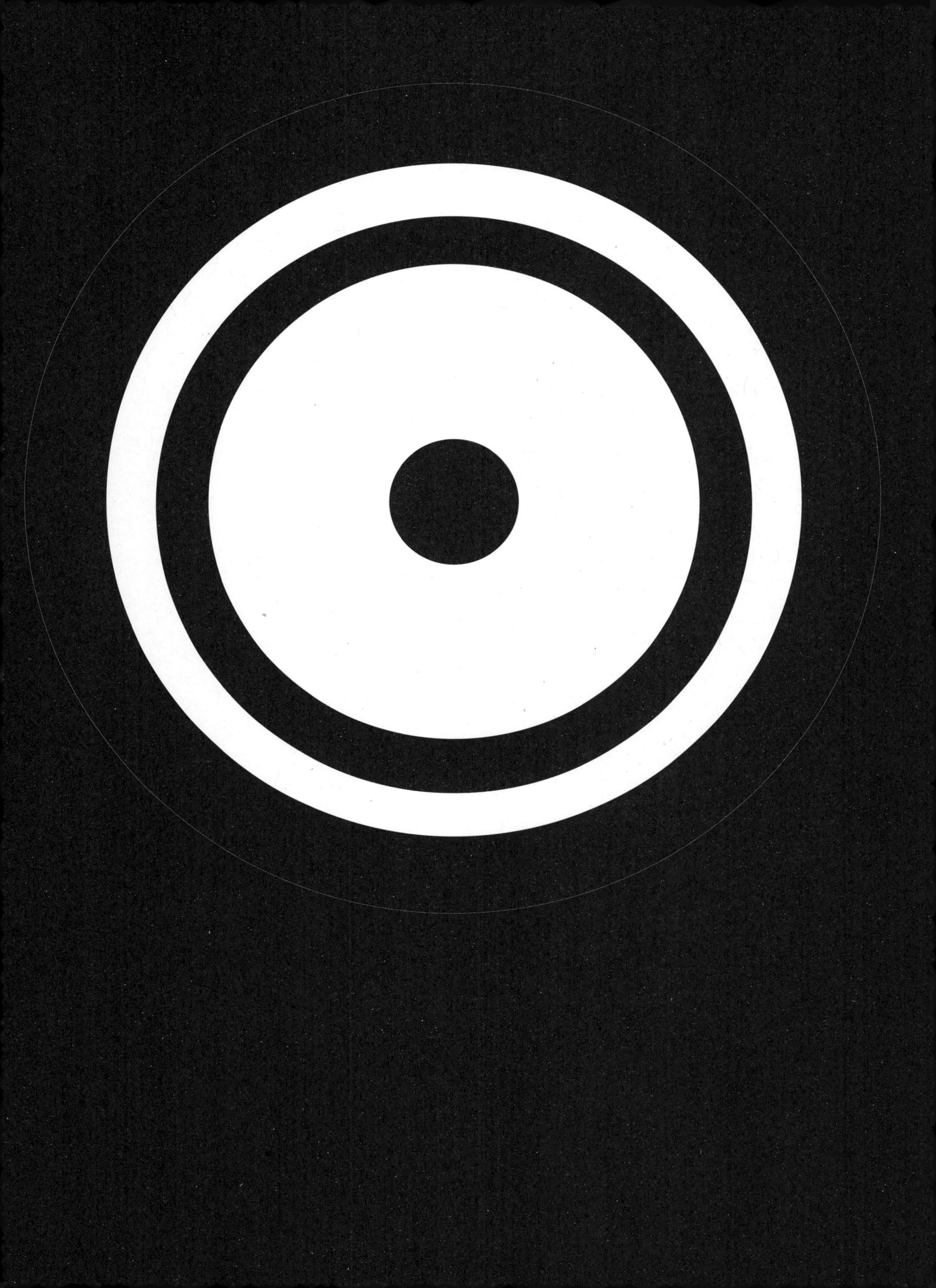

Der tschechoslowakische Präsident Emil Hácha (rechts) mit dem Reichsprotektor Konstantin von Neurath, der 1941 von Reinhard Heydrich abgelöst wurde, weil er Hitler nicht hart genug war. Das Bild entstand auf der *Prager Burg* am 5. April 1939.

15

Sie laufen einen schlecht beleuchteten Gang entlang, an dessen Wänden sich Schlangen aus Stahl winden. Hin und wieder ertönt irgendwoher ein bösartiges Sausen und eines der Rohre fängt zu scheppern an. Dann kommen sie an eine Tür, hinter der sich zu ihrer Überraschung ein riesiger Raum befindet. Aus allen möglichen Richtungen kommen hier Rohre zusammen, kreuzen und verflechten sich zu einem Mammutknoten. Mitten im Raum erhebt sich ein monumentales Gewölbe, dessen Spitze von einer Laterne durchbrochen ist. Durch ihre Glasscheiben fällt Sonnenschein hinein. Unter dem Gewölbe steht ein runder Tresen mit einem Durchmesser von etwa 100 Metern. Über dem Tresen laufen rundherum alle Rohre zusammen. Jedes von ihnen hat einen Schnabel mit einer Klappe an seinem Ende, darunter einen Korb und eine Klingel. Ähnliche Rohre führen vom Tresen nach unten. Alle sind mit einer Nummer versehen. Um den Tresen herum warten Angestellte.

Ab und zu öffnet sich eine Klappe an einem der oberen Rohre, es zischt und in den Korb fällt ein Behälter aus glänzendem Metall in Zigarrenform, 30 Zentimeter lang und 6 Zentimeter breit. Eine Klingel läutet. Ein Angestellter, der gerade in der Nähe ist, läuft hin, liest die Nummer auf dem Behälter, findet die Klappe mit der gleichen Nummer, hebt sie hoch, steckt den Behälter hinein und zieht am Hebel. Es zischt erneut und der Behälter ist verschwunden.

Das Ganze wirkt wie ein geheimnisvolles Ritual eines technischen Gottes, dem uneingeweihte Eindringlinge als Blutopfer dargeboten werden. Pérák entdeckt eine kleine, mit Nieten beschlagene Eisentür, die in den runden Tresen eingelassen ist. Die Rohre winden sich darüber wie ein gotisches Kreuzrippengewölbe.

Er tritt an die Tür heran und klopft beherzt. Das Klopfen ertönt unerwartet heftig, die Rohre tragen sein Echo in alle Richtungen. Nach einer Weile hört man ein Schlurfen und das Türchen öffnet sich einen Spalt breit. «Was wollt ihr?», fragt der Spalt unwirsch. Pérák hat jede Menge Fragen: «Wo sind wir hier? Was passiert da? Was bedeutet der Punkt inmitten zweier Kreise, ZRP und PR?»
«Kommen Sie doch herein.»

Das Türchen führt in einen runden Raum. Anstelle einer Wand sind rundherum Rohre angebracht. Durch die Leerräume zwischen ihnen lässt sich das Gewimmel der Angestellten draussen beobachten. In der Mitte steht ein runder Tisch voller Hebel, Ventile, Messgeräte und blinkender Lichter. Auf den Rohren sind die Porträts von Hitler, Heydrich und Hácha schief aufgehängt. An der Tür steht ein hochgewachsener, magerer Mann mit einem Glasauge, dessen deutlicher Sprung darauf hinweist, dass es mal zerbrochen und wieder geklebt wurde. «Ich bin Ingenieur Maděra, der Rohrpostmeister, und *ZRP* bedeutet *Zentrale der Rohrpost.*»
«Was ist eine Rohrpost?», fragt Pérák.
«Eine Rohrpost befördert Sendungen in Metallbehältern, die sich durch Stahlrohre mithilfe von Luftdruck bewegen. Vor dem Behälter wird die Luft abgesaugt, dahinter zusammengepresst, und beides geschieht durch elektrisches Gebläse. Die Behälter bewegen sich mit einer Höchstgeschwindigkeit von siebzig Kilometern pro Stunde. In Prag verbinden unterirdische Rohre alle grösseren Ämter, auch private Büros, Geschäfte und Ähnliches, wir haben

hier insgesamt bis zu 3000 Anschlüsse. Jede Sendung reist erstmal hierher in die Zentrale und dann weiter zu ihrem Adressaten. Der grösste Vorteil der Rohrpost gegenüber der gewöhnlichen Post ist ihre Geschwindigkeit und gegenüber dem Telefon, die Möglichkeit, Gegenstände zu verschicken. Bis jetzt ist sie ausschliesslich in Grossstädten vorhanden, aber ich hoffe, sie wird sich eines Tages über den ganzen Planeten ausbreiten. Und euer Punkt inmitten zweier Kreise ist das Symbol unseres Unternehmens. Es zeigt die Vorderansicht eines Behälters im Rohr.»

«Was aber, wenn ein Behälter irgendwo hängen bleibt?», interessiert sich Jitka.

Ingenieur Maděra setzt ein schiefes Lächeln auf und holt aus dem Schrank zwei Massivstahl-Zylinder, zwischen denen eine starke Feder zusammengepresst ist. Er drückt den roten Knopf auf der Stirnseite des vorderen Teils und der hintere springt mit einem lauten Knacken ab.

«Dann schicken wir mit Höchstgeschwindigkeit hier den Herrn Herausschlager hinterher. Falls auch der nichts ausrichten kann, steht es schlimm. Dann muss das ganze Rohr ausgegraben werden.»

Pérák neigt sich zu Maděra und flüstert: «Und was ist mit der Abkürzung *PR*? Sagt Ihnen das was?»

«Sicher. *PR* heisst *poste restante*, eine Postlagersendung. Sprich, eine Sendung, die der Empfänger persönlich beim Postamt abholt. Das kommt bei der Rohrpost nur selten vor. Aber gerade habe ich sogar zwei *poste restante*-Sendungen hier. Jede von ihnen trägt einen anderen Namen. Gehört Ihnen vielleicht eine?»

Ingenieur Maděra durchbohrt Pérák mit seinem Blick. «Wie heissen Sie? Wie ist Ihr Name?»

Pérák starrt das lädierte Glasauge an. Er ist wie behext von Maděras Frage, hört sie wiederholt, wie ein Echo. Innen in seinem Gedächtnis befindet sich eine Wand, hinter die er bis jetzt nicht blicken konnte, doch die Wand fängt nun an zu beben und bekommt Risse.

Aus der Dunkelheit blitzen Bilder auf und entschwinden wieder:

Sieben Flammen der Menora spiegeln sich auf der Schneide eines Opfermessers ...
Ein Hakenkreuz, gepflanzt aus Bäumen im Wald. Aus Bäumen, deren Blätterfarbe sich von den anderen abhebt.
Ein gekonnter Schnitt in die gespannte Haut, ein Bluttropfen zerfliesst auf einem weissen Tuch.
Der Davidstern und die Swastika durchdringen sich gegenseitig und verschmelzen zu einem neuen Gebilde.
Ein sich drehendes Kaleidoskop und eine Revolvertrommel. Ein Schusswechsel bunter Muster.
Ein Greis schält und kaut Walnüsse. Die Nusshälften verwandeln sich in Halbkugeln des menschlichen Gehirns.
Wirbelnde Buchstaben in Fraktur und der hebräischen Schrift setzen sich nach und nach zu zwei Namen zusammen:
Udo von Schlitz.
Paul Rosengold.

Pérák fühlt sich von dem ersten Namen genauso angezogen wie von dem zweiten. Er würde sie beide tragen, sich mit ihnen vorstellen, sie aussprechen, ihnen seinen Atem einhauchen, sich von ihrem Klang formen lassen. Zugleich wird ihm bewusst, dass er lediglich für einen von ihnen ausreichend Platz in seinem Inneren findet. Schliesslich entscheidet er sich.

«Ich heisse Paul. Paul Rosengold.»

Ingenieur Maděras Gesicht ist keine Meinung abzulesen. Er holt einen der Behälter aus dem Schränkchen, schraubt ihn auf und klopft das Päckchen heraus.

Pérák steckt sich die Sendung in die Tasche und schickt sich zu gehen an: «Danke und auf Wiedersehen.»

«Durch Saugen und Druck voran! Das ist der Gruss der Rohrpost», lächelt Ingenieur Maděra zum Abschied.

Pérák, eigentlich Paul Rosengold, noch völlig fassungslos, soeben seinen echten Namen gefunden zu haben, tritt aus der Rohrpostzentrale auf den Gehsteig und geht in Richtung *Wenzelsplatz*. Jitka folgt ihm im Abstand von einem Schritt. Sobald die beiden draussen sind, spalten sich von der grauen Fussgängermasse vier Gestapo-Männer ab, eindeutig als solche erkennbar – sie alle haben ein fettes Doppelkinn und einen hellen Schnurrbart unter der Nase, tragen kotfarbene Ledermäntel und Hüte mit Gamsbart. Eine Weile beraten sie sich, schliesslich gehen zwei von ihnen in die Rohrpostzentrale hinein und die übrigen beiden folgen Pérák.

Die Prager Rohrpost ist eine Rarität. Denn sie ist weltweit das einzige erhaltene System einer städtischen Rohrpost. Das historische Bild zeigt ihre Hauptsteuertafel, die bis heute im Neorenaissance-Gebäude der Post in der *Jindřišská-Strasse (Heinrich-Strasse)* untergebracht ist.

16

Wir sind zurück im runden und von Rohren umschlossenen Raum der Rohrpost. Ingenieur Maděra sitzt auf einem Stuhl, die Hände hinter dem Rücken gefesselt. Einer der Gestapo-Männer schlägt ihn, der zweite brüllt: «Was wollten die beiden hier?»
«Er kam, um seine Postlagersendung abzuholen. Sie hat ihn begleitet.»
«Was war in der Sendung drin?»
«Ich weiss nicht.» Maděra bekommt einen derartigen Schlag verpasst, dass er samt Stuhl umkippt und hinfällt.
«Also, was war da drin?»
«Das weiss ich nicht.»
«Nun, wir werden es herausfinden. Wann kam die Sendung? Und woher?»
«Es war etwa vor einem Jahr. Ich weiss es nicht genau, da müsste ich nachsehen. Sie sind aus der Landesentbindungsanstalt in der *Apolinářská-Strasse* gekommen. Es waren nämlich zwei. Eine war für Paul Rosengold bestimmt, die hat er mitgenommen. Die zweite war für Udo von Schlitz.»
«Wo ist die zweite?»
«Dort im Regal», zeigt Maděra mit blutigem Kinn. Einer der Gestapo-Männer holt den Metallbehälter aus dem Regal.
«Ist sie das?»
«Ja.»
Der Gestapo-Mann schraubt die metallene Zigarre auf, es zischt und der Behälter atmet ein Wölkchen Giftgas aus. Maděra und beide Gestapo-Männer winden sich eine Weile in Krämpfen und sterben schliesslich.

Svatopluk Čech-Brücke.

Die nach dem Schriftsteller Svatopluk Čech benannte Jugendstil-Brücke über die Moldau entstand Anfang des 20. Jahrhunderts und gehört zu den bautechnischen Denkmälern Prags. Hier auf einer Postkarte aus dem Jahr 1917.

17 An der frischen Luft kommt Pérák rasch zu sich und sein Instinkt sagt ihm, er werde verfolgt. Er blickt durch die Spiegel der Schaufenster hinter sich, ändert wiederholt die Gangrichtung, doch die Gestapo-Leute sind keine Amateure, sie lassen sich nicht abschütteln. Pérák nimmt Jitka unauffällig an der Hand und zieht sie durch eine Passage ins Kino *Lucerna* hinein.

Sie durchqueren den halbleeren Zuschauerraum. Die Vorstellung hat noch nicht begonnen, auf der Leinwand läuft ein kurzer Werbespot vor dem Hauptfilm:

«Nun, da das Neue Europa, vom Führer geeint, einen schicksalhaften Kampf der Zivilisation gegen die asiatischen Horden führt, dürfen weder eine Butte Kohle noch ein Dekagramm Eisen oder eine Getreideähre verschwendet werden. Wer alkoholische Getränke trinkt, unterstützt Juden und Bolschewiken, denn Spirituosen werden aus Getreide hergestellt, das man zu Brot für die tapferen Soldaten an der Ostfront verarbeiten könnte. Und deswegen kommt Spi-ri-to-la!

Ein neu erfundener Alkohol-Ersatz. Spiritola ist günstig, der Gesundheit nicht abträglich, frei von Nebenwirkungen. Die Grundlage von Spiritola ist ein Spezialtrinkglas, in dessen Hohlboden eine Batterie eingelegt wird. Aus der Glaswand, die den Lippen näher ist, ragen nebeneinander zwei Pole heraus. Es genügt, das Glas mit gewöhnlichem Wasser zu füllen, das mit Saccharin oder Weinsäure abgeschmeckt werden kann. Wird das Glas geneigt, flutet das Wasser die beiden Pole und verbindet sie somit. Der durchs Wasser fliessende Batteriestrom bewirkt ein stumpfes Gefühl auf der Zunge und am Gaumen, ähnlich wie beim Trinken von Spirituosen. Die Illusion ist vollkommen!»

Pérák öffnet ein verstecktes Türchen, er und Jitka schlüpfen hinein und gelangen auf die andere Seite der Leinwand, dann laufen sie durch dunkle Gänge, bis auf einen Hof. Hier aber, als seien sie der Erde entsprungen, warten bereits zwei alte Bekannte. Sie zücken ihre Abzeichen unter dem Revers: «Geheime Staatspolizei. Kommen Sie mit uns. Unauffällig.»

Pérák reagiert blitzschnell. Er schnippt mit den Fingern und kastriert den ersten Herrn in einem Zug. Der zweite springt beiseite, so dass nur seine Nase abfällt, samt dem bürstenartigen Schnauzbart. Eine Pfeife schrillt und von der Strasse kommt Verstärkung angerannt. Pérák lässt den Kampf sein, ergreift Jitka, nimmt Schwung und springt. Der nasenlose Gestapo-Mann packt ihn aber an der Ferse und so fliegen sie nun zu dritt über Prag.

Pérák hält Jitka in den Armen, daher kann er die unsichtbare Kraft seiner Finger nicht nutzen; also tritt er mit dem zweiten Bein den Gestapo-Mann in die Scheitelnaht am Schädel, bis er ihn glatt geknackt und das Hirn mit dem Fuss hinausgetreten hat. Dieses fällt und fällt und trifft am Ende genau in den Hut eines Bettlers, der vor der *St. Heinrich und Kunigunde*-Kirche kniet.

Unglücklicherweise gehört ein Gehirn nicht unbedingt zu den Dingen, die für einen Gestapo-Mann unentbehrlich wären, und so hält er sich weiter hartnäckig fest. Pérák hört nicht auf ihn zu treten und bricht ihm die Knochen in den Armen, bis der Gestapo-Mann endlich abfällt, leider nimmt er auch einen von Péráks Schuhen mit.

«Das ist schlimm», ruft Pérák zu Jitka. «Ohne den Schuh kann ich bei der Landung nicht das Gleichgewicht halten.»

Am Ende der *Pariser-Strasse* landen sie notdürftig, indem sie abrollen. Zum Glück hat Jitka eine Ausbildung im Fallschirmspringen absolviert. Die Autos bremsen vor ihnen, weitere fahren von hinten auf und alle hupen wie besessen. Eine Massenkarambolage entfaltet sich wie die Blütenblätter einer Blechknospe.

Direkt gegenüber, im ehemaligen Gebäude der juristischen Fakultät, residiert das Oberkommando der SS. Die Wachen am Eingang haben Pérák bereits gesichtet und Alarm geschlagen. Sirenen heulen los und aus dem Tor schwärmen SS-Männer hinaus wie schwarze Kakerlaken.

Glücklicherweise fährt gerade eine offene Strassenbahn in Richtung *Čech-Brücke* vorbei. Pérák und Jitka rennen los und springen auf die Plattform. Die Fahrgäste verhalten sich protektoratsmässig still, nur zwei SS-Soldaten mit Maschinenpistolen unterhalten sich lauthals, geniessen es unverhohlen, hier die Herren zu sein. Als einer von ihnen bemerkt, ein Mädchen sehe ihn an, grinst er zurück und zeigt mit der Maschinenpistole *ta-ta-ta*! – als ob er alle in der Strassenbahn erschiessen wollte. Das Mädchen fängt zu weinen an, die Mutter zieht es näher zu sich und verdeckt ihm die Augen, der Soldat aber kann nicht genug von seinem Spass bekommen, er lacht wiehernd, macht *ta-ta-ta-ta* und zielt auf alle um ihn herum.

«Lauf zum Fahrer, er soll ja nicht anhalten», flüstert Pérák Jitka ins Ohr. «Ich werde mich inzwischen um die beiden Knechte hier kümmern.»

Er geht zu den Soldaten, bespuckt seinen Daumen und umkreist damit den Helm des ersten Fritzen, als ob er eine tibetische Klangschale spielte. Der Helm ertönt klangvoll in einem tiefen Ton und der Kopf des Soldaten fängt derart stark zu vibrieren an, dass seine Konturen verwischen. Aus der Nase, den Ohren und um die Augen herum spritzt Blut heraus. Der zweite Soldat versucht seine Maschinenpistole zu spannen, doch da überschwemmen ihn die übermütig gewordenen Fahrgäste. Als die Menge nach einer Weile auseinandertritt, schaukeln die beiden Deutschen erhängt an den ledernen Haltegriffen, die von der Strassenbahndecke herabhängen. Ein zittriger Greis zwängt sich durch den Menschenhaufen, an der ausgestreckten Zunge eines der Erhängten befeuchtet er eine Briefmarke mit dem Abbild Adolf Hitlers und klebt sie auf einen Brief.

Jitka hat sich inzwischen zum Fahrer hindurchgekämpft. Der Alte in einer blauen Uniform hält wichtigtuerisch die Kontrollklinke und klingelt ausgiebig. Jitka neigt sich zu ihm und sagt: «Lassen Sie mich mal ran, Väterchen.»

Der Fahrer hört nicht. Jitka holt Luft und brüllt ihm mit aller Kraft ins Ohr, bis der daraus herauswachsende Haarbüschel zu zittern beginnt: «Im Namen des nationalen Widerstands beschlagnahme ich die Strassenbahn!»

Da kommt aber schon der Schaffner angerannt und klappert bedrohlich mit der Zange: «Fräulein, es ist streng verboten, mit dem Fahrer während der Fahrt zu sprechen. Haben Sie eigentlich eine Fahrkarte? Und haben Sie überhaupt eine positive Einstellung zum Grossdeutschen Reich?»

Jitka zieht ihre Pistole: «Beide aussteigen!» Auf einmal hört der Fahrer ausgezeichnet, er und der Schaffner springen ungelenk auf die Brücke hinaus und drohen mit den Fäustchen hinter dem davon fahrenden Tram. Jitka setzt sich an die Steuerung, klingelt

VERGLEICH
Während der deutsche Helm – Falte, Biegung und Ausstülpung – den düsteren Mystizismus des Mittelalters verkörperte, war der tschechoslowakische ein exaktes elliptisches Paraboloid, eine Frucht des puren Verstandes, eine leuchtende platonische Idee aller Helme.

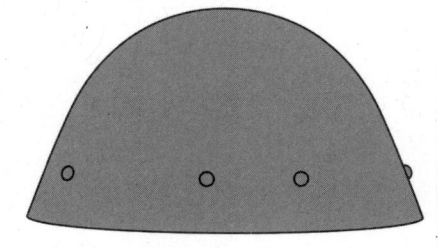

Der tschechoslowakische Helm *VZ 32*

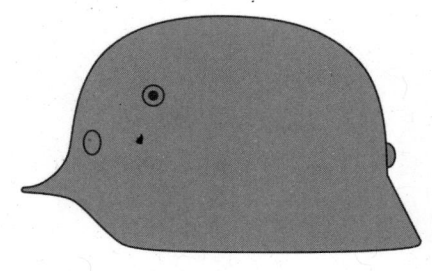

Der deutsche Helm *M1935*

und meldet in den Wagen hinein: «Alle Feiglinge aussteigen! Jetzt fahren wir richtig los!»

Einige wenige Schwächlinge steigen tatsächlich aus, aber der Kern des Volkes bleibt und freut sich, dass es später in der Kneipe etwas zu erzählen gibt. Jitka reisst die Kontrollklinke auf Höchstgeschwindigkeitsstufe. Das bis dahin gemächlich fahrende Tram greift in die Gleise, bis die Funken fliegen. Es war auch höchste Zeit, denn hinter ihm tauchen die ersten Verfolger auf. Ein unerlässliches Requisit aller Filme über den Zweiten Weltkrieg ist in Sicht: Ein Motorrad mit Seitenwagen, in dem ein dicker deutscher Soldat mit einem Maschinengewehr sitzt, der schiesst, schiesst und schiesst.

Pérák rüstet sich zum Angriff, da klettert aber eine Oma auf die Plattform. Über dem Arm einen Korb mit einer schnatternden Gans, in den Händen eine erbeutete Maschinenpistole.

«Können Sie damit überhaupt umgehen, Grossmutter?», fragt Pérák zweifelnd.

«Kümmere dich um dein Zeug, mein Hübscher», weist ihn die Oma zurecht. «Ich war lange Jahre im Turnverein.»

Und tatsächlich. Sie trifft den Schützen im Motorrad-Seitenwagen mit einer zielsicheren Salve, dieser sackt auf die rechte Seite zusammen, doch sein Maschinengewehr hört nicht auf zu schiessen. Der Waffenlauf dreht sich allmählich in Richtung Fahrer, der nimmt die rechte Hand vom Lenker und versucht die Waffe wegzuschubsen, verbrennt sich dabei aber nur die Hand am heissen Metall. Also neigt er sich im Sitz zurück, soweit es nur geht, doch die Perlenschnur der Schüsse nähert sich unerbittlich, zunächst reisst sie ihm die Knöpfe von der Uniform ab, dann beisst sie sich tiefer ins Fleisch. Der Fahrer jault auf, das Motorrad bricht durch das Geländer und fällt in einem eleganten Bogen in die Moldau. Direkt vor dem Eingang in die Kommandozentrale der SS ertönt ein Summen der Hydraulik, daraufhin senkt sich ein glattes, wie von einem Skalpell ausgeschnittenes Fahrbahn-Rechteck rund um die Strassenbahnschienen in den Boden. Auf der so entstandenen Rampe fährt aus dem unterirdischen Versteck eine Geheimwaffe heraus: Die Kampfstrassenbahn *SdKfz 290*, genannt *Feuerwanze*.

Eine stromlinienförmige Panzerung bedeckt sie, zur Tarnung rot-schwarz angestrichen, so dass sie tatsächlich einer lebendigen Feuerwanze ähnelt. Vorne ist sie mit einem riesigen Pflugeisen ausgestattet, wie es früher Lokomotiven im Wilden Westen hatten, um tote Bisons beiseite zu schaffen, dieses jedoch läuft zu einer langen, tödlich scharfen Spitze aus. Ein grosser Reflektor mit einer Kohlenbogenlampe am Bug verschafft ihr das finstere Aussehen eines Zyklopen. Sie trägt drei Maschinengewehr-Türmchen; zwei an den Seiten vorne und eines hinten. Oben ist ein Drehturm mit einer Kanone angebracht. Eben hat die Feuerwanze aus ihrem Turm ein teleskopartiges Stromaufnahmegerät zur Oberleitung ausgestreckt, das mit einer Art Gabelung endet, und weil sie viel niedriger ist als gewöhnliche Strassenbahnen, sieht es aus, als ob sie den Strom mit einem Saugrüssel vom Draht ablecken würde.

Blitzschnell und mörderisch leise fährt sie los. Gleich wird sie die Strassenbahn mit Jitka und Pérák ins Visier nehmen und Blei speien. Die erste Feuersalve verfehlt unsere Helden um ein Haar, weil genau in dem Moment die Strassenbahn von der Brücke nach rechts, Richtung *Klárov*, abbiegt. Stattdessen massakriert sie eine Truppe Hitlerjugend, die mit einem Lied auf den Lippen gerade auf dem Gehsteig marschiert.

Pérák und die Grossmutter schiessen aus den beiden erbeuteten Maschinenpistolen nach dem Feind, doch die Kugeln prallen wie Kirschkerne von der Panzerung ab. Mit voller Wucht stösst Feuerwanze ihre scharfe Spitze der Strassenbahn ins Hinterteil, perforiert die Blechwand, durchbohrt die Gans im Korb und hinter ihr die Grossmutter. Pérák schliesst die Sterbende in die Arme. Sie salutiert aus letzter Kraft am Adamsapfel und flüstert:

«Gut stehen!»

Das ist das Ende. Vorsichtig legt Pérák die gefallene Patriotin hin und blickt sich um. Die Lage ist verzweifelt. Alle Fahrgäste liegen auf dem Boden und schützen sich die Köpfe. Das Maschinengewehrfeuer hat die Pfeiler und die Abdeckung der Strassenbahn abgepflückt, es bleibt nur noch das nackte Fahrgestell, das aber weiterfährt. Pérák läuft nach vorne zu Jitka, die den Torso der Strassenbahn tapfer durch den Kugelhagel steuert.

«Wie läuft es?»

«Versuch noch einmal zu fragen, vielleicht antworte ich dir dann», fertigt ihn Jitka barsch ab.

Pérák stürzt zurück in den hinteren Teil, unterwegs reisst er Granaten aus den Gurten der toten deutschen Soldaten heraus und wirft sie auf die Feuerwanze. Die erste Granate jedoch rutscht über die glatte Panzerung hinunter aufs Gleis und detoniert weit hinten auf der Strasse. Die zweite hält Pérák entsichert einen Moment länger in der Hand, und so geht sie prompt nach dem Aufprall los, die Explosion trennt den Stromabnehmer des gepanzerten Ungeheuers von der Oberleitung. Die Feuerwanze kommt zum Stehen. Sofort aber schiebt sie einen Ersatzfühler heraus und fährt erneut los, Pérák hat jedoch einen Vorsprung von einigen entscheidenden Sekunden gewonnen.

Er klettert hinunter bis zu den Rädern, die Strassenbahn saust gerade mitten in der *Chotek-Serpentine* in die Kurve, sodass die Fliehkraft ihn wie ein Stück Lappen schwenkt. Seine Hand rutscht an der geölten Welle ab, sein Kopf rattert über die Katzenköpfe der Pflastersteine.

Im letzten Augenblick gewinnt Pérák das Gleichgewicht zurück, stemmt sich hoch und hackt sich mit den Beinen am Fahrgestell fest. Die Kreuzung vor der Villa *Bílek* kommt näher, dort gabeln sich die Gleise – geradeaus in die *Badeni*- und nach links in die *Chotek-Strasse* Die Strassenbahn biegt nach links ab. Sobald das letzte Rad die Weiche passiert hat, schnippt Pérák mit den Fingern, haut die Zugstange zwischen den Stahlzungen entzwei und zieht sie auseinander …

Die *Feuerwanze* kommt näher, gleich wird sie aus allen ihren Gewehrläufen die letzte tödliche Salve herauswürgen. Im Panzer hinter dem Visier ist bereits das triumphierende Gesicht des Fahrers zu erkennen. In dem Moment kommt sie jedoch an der gespaltenen Weiche an und biegt in zwei Richtungen gleichzeitig ab. Die *Feuerwanze* zerreisst wie der kleine Nimmersatt aus dem Märchen *Otesánek*, der mit einer Hacke zerteilt wurde. SS-Männer, Räder und Rädchen aller Grössen, Maschinen- und Waffenteile purzeln auf die Gleise, all das wälzt und windet sich und dampft wie herausquellende Gedärme, am Ende explodiert alles und zerspringt in tausend Stücke.

Aber auch die siegreiche Strassenbahn pfeift bereits aus dem letzten Loch, vor dem *Lustschlösschen* der Königin Anna kommt sie ruckartig zum Stehen und schaltet sich ab. Die Passagiere stehen auf, sie sind verdreckt und noch etwas verstört, aber auch stolz, sich den Besatzern widersetzt zu haben. Jitka reisst am Klingelzug. Alle werden still. Ihre ansonsten samtig weiche Stimme hat nun die Härte von Edelstahl gewonnen und zerreisst die kühle Luft wie eine Maschinengewehrsalve:
«Freunde, heute haben wir bewiesen, dass wir uns gegen die deutschen Besatzer auflehnen können. Hätten uns im Jahre 1938 die falschen Verbündeten Frankreich und England nicht verraten und hätten uns unsere eigenen Politiker nicht verkauft, allen voran der Hochverräter Beneš, hätten wir gegen die Faschisten siegreich kämpfen können. Es ist nicht unsere Schuld, wir wurden verraten, versklavt, aber nicht besiegt. Geht jetzt nach Hause und wartet, bis der Aufstand begonnen hat. Es wird vielleicht eine Woche, vielleicht ein Jahr, vielleicht hundert Jahre brauchen. Am Ende aber werden wir siegen. Gut stehen!»
Alle salutieren am Adamsapfel und rufen:
«Gut stehen!»
Bald bleiben Jitka und Pérák allein am Strassenbahn-Skelett zurück. Pérák reibt sich die Zehen seines nackten Fusses und befiehlt:
«Und jetzt zum nächsten Schuhmacher!»

| ... die Fliehkraft schwenkt ihn wie ein Stück Lappen...

Ein Blick auf die Fassade des *Palais Czernin* **auf dem** *Loretoplatz* **nahe der** *Prager Burg*.

18

Heydrich sitzt am Schreibtisch seines Büros im *Palais Czernin* und arbeitet. Genauer gesagt, versucht zu arbeiten. Seine wulstige Stirn ist mit einem kalten Umschlag umwickelt. In der Hand hält er eine saure Gurke, die er abwechselnd in ein Schnapsglas taucht und ablutscht.

Ein Adjutant kommt, streckt den Arm zum Gruss und meldet: «Lama Losgang mit Begleitung.»

«Sie sollen eintreten. In einer Minute.»

Heydrich öffnet eine Schublade, wirft die angebissene Gurke und den Umschlag hinein. Das Glas trinkt er in einem Zug leer, daraufhin grinst er fürchterlich. Er fährt sich mit dem Kamm durch die Haare und massiert mit den Fingern das Grinsen aus seinem Gesicht weg, bis es den üblichen versteinerten Ausdruck annimmt.

Unmittelbar darauf erscheint der Lama in seinem safrangelben Gewand, in Begleitung einer Gestalt, die von Kopf bis Fuss in einen schwarzen Umhang mit Kapuze eingehüllt ist. Der Lama lässt dramatisch einen Moment verstreichen und reisst dann den Umhang runter.

Vor Heydrich steht eine Überfrau, grossartig geformt, mit riesigen, nach vorne ragenden Brüsten, einer Wespentaille und einem barock gewölbten Hintern. Ihre langen weissblonden Haare sind zu einem aufwendigen Knoten geflochten, spitz wie ein Stachel. Sie ist in einen enganliegenden schwarzweissroten Einteiler eingezwängt, der sich ihr hübsch in den Schritt einschneidet. Auf der Brust trägt sie, in Fraktur ausgeführt, die Aufschrift *Walküre*. Die Walküre stellt sich aufreizend breitbeinig hin, verschränkt die Arme vor der Brust, blickt Heydrich direkt in die Augen und stösst einen vielsagenden Schrei aus: «Ha?!»

Ohne den Blick von der Walküre abzuwenden, winkt Heydrich mit den Fingern in Richtung Lama. Der verneigt sich und verschwindet diskret. Der Reichsprotektor tritt an die Überfrau heran und lässt seine Finger begierig im Labyrinth ihres Körpers umherirren. Die Walküre öffnet einen verdeckten Reissverschluss und das Kleidungsstück gleitet von ihr hinunter wie eingeseift. Sie hat eine vollkommene, milchweisse Haut, an den dünnsten Stellen von blauen Äderchen durchwoben.

Heydrich atmet ein und taucht den Kopf in die Reize der Walküre. Dabei stellt er fest, dass in den Spitzen ihrer Brüste anstatt Brustwarzen Elektronenröhren eingesetzt sind, sogenannte magische Augen. Diese zeigen anfangs nur schmale grüne Strahlen, die sich jedoch schnell über die ganze Augenfläche ergiessen, was bedeutet, dass die Walküre gut gestimmt ist.

DAS MAGISCHE AUGE
Eine volkstümliche Bezeichnung für eine Abstimmungsanzeige bei Elektronenröhren. Ein grün leuchtendes rundes Fenster in die Seele eines alten Radios. Ein Nachtfalter angelockt durch den Schein von Vakuumlampen.

Verstimmt

Auf einen schwachen Sender eingestimmt

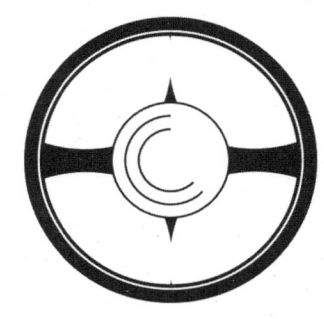

Auf einen starken Sender eingestimmt

Das elegante *Café Imperial* in der Prager Altstadt ist mit Keramik-Mosaiken im Jugendstil geschmückt und blickt auf mehr als 100 Jahre Geschichte zurück. Zu seinen Gästen zählten der Schriftsteller Franz Kafka und der Komponist Leoš Janáček. Während des Zweiten Weltkriegs verkehrten dort deutsche Offiziere.

19 Jitka hält Wache auf dem Gehsteig unterhalb des *Strahov-Klosters*. Die Tür knarrt, Pérák verlässt den Schusterladen und schreitet zufrieden im neuen Schuh. Der Schuhmacher winkt ihm mit der Schürze hinterher, ausser sich vor Glück: «Eine grossartige Ehre für meinen Betrieb, Herr Pérák, kommen Sie doch wieder!»
Pérák nimmt Jitka in die Arme und setzt zum Sprung an, sie aber bettelt: «Lasst uns ein Gläschen trinken gehen, meine Kehle ist ganz ausgetrocknet.»
«Gut, Liebling.»
Pérák macht nur einen ganz kleinen Sprung …
… und landet auf dem Dach des *Café Imperial*. Vor dem Krieg hatten Handelsvertreter hier verkehrt, lauter besser gestellte Klientel. Die Deutschen führten dann eine Planwirtschaft ein, woraufhin die Handelsvertreter verschwanden und mit ihnen auch die Warenvielfalt, der Betrieb behielt trotzdem seine Eleganz aus besseren Zeiten.
Pérák stellt Jitka auf den Boden und dann steigen sie, ineinander verschlungen, hinunter in die Halle. Dort erblicken sie sich in einem riesigen Wandspiegel und begreifen sofort, warum sie von allen angestarrt werden. Sie sind verdreckt und verqualmt, Jitkas Rock ist angerissen, Péráks Mantel und Hut sind durchlöchert von Gewehrkugeln. Pérák geht zum Kellner, der am Eingang wartet, steckt ihm eine Handvoll Fünftausenderscheine in die Fracktasche und flüstert ihm zu: «Ich und die Dame möchten uns etwas zurechtmachen.»
Ohne mit der Wimper zu zucken, knickt der Kellner in der Taille ab und antwortet: «Begeben Sie sich bitte in die Garderobe. Ich kümmere mich um alles.»
Der Kellner und die Garderobenfrau kommen gründlich ins Schwitzen, dafür ist die Verwandlung perfekt. Als sie endlich das Café betreten, schreitet Pérák erhobenen Hauptes in einem tadellos sitzenden Smoking, anstatt Lackschuhe hat er jedoch seine Springschuhe an, die er dezent unter Gamaschen verbirgt. Seine Haare sind voll Pomade und glattgekämmt. Jitka schwebt beinahe in einem einteiligen, elfenbeinfarbenen Satinkleid mit einem dezenten Fell am Dekolleté und einem niedlichen runden Hütchen auf dem Kopf. Beide sehen aus, als ob sie gerade einem besonders kitschigen Protektoratsfilm entstiegen wären. Der Ober führt sie zum Tisch am Fenster und rückt Jitka den Stuhl zurecht.
«Womit darf ich dienen, die Herrschaften?»
Pérák wirft lässig ein dickes Bündel Lebensmittelkarten auf den Tisch. «Ein Dutzend frischer Austern, dazu eine Flasche *Krug Grande Cuvée* für die Dame. Und ich … Was würde ich … Haben Sie diese Novität, dieses *Spiritola*?»
Der Kellner verbeugt sich, holt eine Schere hervor, klappert damit und schneidet flink einige Zettel aus dem Block heraus. «Selbstverständlich. Austern, Champagner und einmal *Spiritola*. Sofort, Euer Wohlgeboren.»
Pérák zerknüllt im Aschenbecher den Zettel *Die p. t. Gäste werden gebeten, Gespräche über Politik zu vermeiden*, der auf jedem Tisch ausliegt, daraufhin reisst er begierig das Päckchen aus der Rohrpost auf. Unter dem Umschlag kommt ein dickes Notizbuch zum Vorschein. Er fängt an, daraus vorzulesen – leise zwar, doch laut genug, dass Jitka mithören kann:

KABBALA
Es heisst in der Schrift *(Gn 36, 31)*:
«Dies sind die Könige, die im Lande Edom regierten, ehedenn die Kinder Israels Könige hatten.»
Unter diesen Königen sind die sieben Vorwelten zu verstehen, die erschaffen worden sind und bestanden haben, ehe noch unsere Welt da war, welche somit der achte König genannt werden kann. Alle diese Vorwelten der sieben Könige wurden zerstört; ihre Geschöpfe waren böse und taten Sünde vor dem Herrn, so dass der Herr keine Freude an ihnen hatte und sie vernichtete. Auch alle Könige und Engel, wie alle himmlischen und irdischen Wesen dieser Welten liess Gott vergehen; nur ihre Gebeine hob er auf. Das Böse geht dem Guten voran, doch es hat keinen Bestand.
(Micha Josef Bin Gorion, Die Sagen der Juden)

Die Kabbala ist eine Lehre der jüdischen Magie, deren Wesen die Nachahmung Gottes ist. Die Thora (mit einem schwarzen Feuer auf ein weisses Feuer geschrieben) schildert die Erschaffung der Welt, zugleich schuf Gott die Welt durch die Thora. Er schreibt auf, was er erschafft und erschafft, was er aufschreibt. Durch das richtige Lesen der Thora kann also die Erschaffung (der Welt oder eines ihrer Bestandteile) wiederholt werden. Lesen bedeutet nicht nur Bilder in Töne umzuwandeln, sondern auch das Vertauschen, das Umgruppieren und verschiedene Rechenvorgänge mit den 22 Buchstaben des hebräischen Alphabets, die als Grundeinheiten des Universums gelten.
Der sogenannte Baum des Lebens ist eine Abbildung der zehn Sephirothen, also der Eigenschaften Gottes, durch die Gott sich sowohl im ganzen Universum als auch in jedem einzelnen Atom offenbart. Die Sephirothen sind in der Reihenfolge nummeriert, in der Gott nach und nach in der materiellen Welt zum Vorschein kommt. Die 22 Kanäle zwischen den Sephirothen entsprechen den Buchstaben des hebräischen Alphabets. Die Sephirothen und ihre Kanäle bilden zusammen die 32 Wege der Weisheit.

«*Ich wurde im Jahr 1891 im jüdischen Ghetto in Prag geboren. An der Karlsuniversität habe ich Medizin und Physik studiert. Bevor die deutschen Besatzer kamen, war ich bereits ein weltberühmter Biologe. Ich verstehe nichts von Politik, also zog ich die Flucht erst dann in Betracht, als es bereits zu spät war. Die Deutschen verhafteten mich und stellten mich vor die Wahl: entweder Mitarbeit oder Vergasung. Ich hoffte, Gott der Herr wird ein Wunder geschehen lassen und mir diese Wahl ersparen, doch das Wunder geschah nicht und so fing ich an, dem Dritten Reich zu dienen. Ich bin ein Verräter meines Volkes.*»

Der Kellner kommt und serviert das Bestellte. Der Champagnerkorken knallt. Jitka leert das erste Glas in einem Zug und lässt sich nickend nachschenken. Dann macht sie sich über die Austern her und schlürft sie energisch aus den Schalen. Pérák nippt genügsam am *Spiritola*, es scheint ihm zu schmecken. Dann liest er weiter:

«*Meine grosse Entdeckung kam zustande, als ich Disziplinen verband, die zu verbinden bis dahin niemandem eingefallen war: die alte jüdische Kabbala mit den modernen Theorien der Quantenphysik und der Relativität.*
Damit du verstehst, muss ich mit ein wenig Theorie anfangen: Es gibt keine für das gesamte Universum allgemeingültige Zeit. Der Fluss der Zeit ist nur für Lebewesen wahrnehmbar und jedes erlebt ihn auf seine Art.
Stell dir die Zukunft als Gas oder elektromagnetisches Feld vor. Sie ist unbeweglich und füllt gleichmässig die vierte Dimension des Universums aus. Diese Zukunft ist für alle Organismen eine unerlässliche Energiequelle. Sie schaltet sich in den Stoffwechsel ein, wo sie sich in Vergangenheit wandelt, die als Abfall ausgeschieden wird, wie etwa Kohlendioxid der Abfall der Atmung oder Fäkalien der Abfall der Verdauung sind. Deshalb ist allem Lebendigen eine Zeitrichtung vorgegeben, von der Vergangenheit zur Zukunft, von der Geburt zum Tod, von den Vorfahren zu den Nachkommen, von der Schönheit zur Hässlichkeit.»

«Aber leblose Dinge altern ebenfalls», wirft Jitka ein.
Pérák lässt sich nicht stören und liest weiter:

«*Leblose Dinge altern ebenfalls, mitgerissen von der Zeit der lebenden Wesen, die sie umgeben. Die Verwandlung der Zukunft in die Vergangenheit geschieht in winzigen, faserartigen Organen, die in jeder Zelle vorkommen. Ich gab ihnen den Namen Chronone. Die Geschwindigkeit der Verwandlung wird von einer Verbindung gesteuert, die ich Hyperchronin nannte. Je mehr Hyperchronin in einen Organismus gelangt, desto mehr Zukunft verbrennt er. Die Zeit-Metabolismen aller Lebewesen in der Natur stellen sich laufend aufeinander ein, deswegen scheint die Zeit überall im gleichen Tempo dahinzufliessen.*
Sobald ein Organismus stirbt, kommt seine Zeit zum Stillstand. Wird einem Menschen Hyperchronin injiziert, erhöht sich vorübergehend seine Zukunftsverbrennung. Von ihm aus gesehen wird alles um ihn herum langsamer und weicher, von aussen gesehen hingegen wird er schneller und härter.
Das Hochheben eines Gewichts von 100 Kilogramm in die Höhe von einem Meter in 10 Sekunden entspricht einer Leistung von 100 Watt. Das Gleiche in einer Sekunde entspricht 1000 Watt. Mit der Beschleunigung der Zeit wächst auch die Leistung proportional.
Nun blieb nur noch das Geheimnis des Hyperchronins aufzudecken. Es gelang mir, es in ausreichender Menge für eine Analyse aus dem Blut zu

isolieren, seine chemische Zusammensetzung blieb mir jedoch ein Rätsel. Bis mir die Kabbala in den Sinn kam ...
Als ich einmal ins Studium des Buchs Zohar vertieft war, trat auf einmal der kabbalistische Baum Sephiroth aus der Fläche hervor und breitete sich dreidimensional vor meinen Augen aus. Ja, es war zweifellos die Formel des Hyperchronin-Moleküls, nach der ich so lange gesucht hatte. 10 Kohlenstoffatome mit 22 Bindungen (davon 4 freie), also die gleiche Anzahl wie die Äste des Baumes Sephiroth.
Es wurde mir ein Geheimlabor (das zugleich zu meinem Gefängnis wurde) zugeteilt, in der verlassenen und entweihten Kapelle oberhalb der Landesentbindungsanstalt in der Apolinářská-Strasse, weil man davon ausging, die Alliierten würden das Gebäude niemals bombardieren.
Tierversuche hatten Vielversprechendes hervorgebracht und es war an der Zeit, den Menschen zu beschleunigen. Anstelle von Meerschweinchen gab man mir also den SS-Untersturmführer Udo von Schlitz, einen vollkommenen Athleten, tadellosen Arier, den Helden der Schlacht bei Sedan, der von einer französischen Kugel in den Kopf getroffen worden war und nicht mehr aus der Bewusstlosigkeit aufwachte. Glücklicherweise war sein Gehirn nur geringfügig beschädigt.»

Der in Gedanken versunkene Pérák reibt sich eine kleine runde Narbe auf seiner Stirn und wendet das Blatt:

«Also begann ich eine Geheimwaffe des Dritten Reiches mit dem Decknamen Golem 2 zu entwickeln. In den Vorstellungen meiner Gebieter sollte es sich um eine Division handeln, deren Soldaten den Kugeln ausweichen, mit blossen Händen Panzer aufschlitzen und Geschützrohre durchbeissen können, doch ich fing ganz unten an. Es ist nicht nötig, den ganzen Menschen zu beschleunigen, ein Teil reicht aus. Etwa die Beine. Ich habe in Udo von Schlitz' Wadenmuskeln Drüsen implantiert, die bei nervlicher Erregung Hyperchronin ausschütten. Die beschleunigte Zeit erhöhte ihre Leistung derart, dass es notwendig wurde, die Knochen zu verstärken und zu optimieren, damit sie sich wie Hydraulikkolben ineinander verschieben konnten, was den Aufprall beim Absprung und der Landung dämpfen würde.
Eine weitere Hyperchronindrüse setzte ich in die Handfläche, in das fleischige Kissen unterhalb des Daumens. Wird sie heftig zusammengepresst, zum Beispiel durch Fingerschnippen, schiesst ein dünner Strahl der beschleunigten Zeit heraus, der jegliche Materie in Reichweite zerstört und auslöscht. Denn jede Sache zerfällt, indem sie altert, verstehen Sie?
Im Sommer 1940 war Golem 2 bereits fertig, doch ich habe seine Vorführung unter verschiedenen Vorwänden immer wieder aufgeschoben. Es kam mir nämlich der Gedanke, zu fliehen. In ihm versteckt.»

Pérák klappt plötzlich das Notizbuch zu und steht vom Tisch auf: «Ich will mich von der Wissenschaft etwas erholen. Wollen wir tanzen?»
Noch bevor Jitka antworten kann, ködert er mit einer Handbewegung die Aufmerksamkeit des Salonorchester-Dirigenten. Dann zeigt er mit einem Finger auf sein Herz und deutet mit weiteren Fingern Tanzschritte an. Der Dirigent nickt lächelnd, als Zeichen, er habe verstanden, bricht den eben gespielten Walzer am Taktende abrupt ab und gibt einen neuen Rhythmus an. Das Orchester legt mit einem Tango los, glühend, süss, schleppend und dekadent wie erhitzter Honig.

Gewandt ergreift Pérák seine Partnerin, beide verweilen kurz in steifer Haltung und saugen mit den Nüstern die Musik auf. Dann beginnen sie zu tanzen. Die übrigen Tänzer verlassen nacheinander das Parkett, bis schliesslich alle voller Hochachtung der meisterhaften Vorführung der beiden zusehen.
Pérák beugt Jitka nach unten und wölbt sie zu einem Bogen, ihr Kopf hält knapp über dem Boden an. Die ruckartige Bewegung löst ihren Dutt auf und die Haare fliegen auseinander wie eine aufgescheuchte Rabenschar. Neben dem Parkett steht eine Reihe Billardtische. Die Spieler, hypnotisiert vom Anblick der schönen Frau, reissen im Rhythmus der Musik einer nach dem anderen mit dem Queue das Filz ein …
Nach dem Vorspiel singt Pérák Jitka ins Ohr:

Ängstig euch nicht, ihr teuren Damen,
kein Ungemach droht euch in meinen Armen
nur mein Herz ist kühl und starr,
zu lieben vergass ich, das ist wahr!

Wenn unter der Sonne gold'nen Glanz
die Ähren reiche Frucht erbringen
und gar im Dorngestrüpp
die Vögel ihre Lieder singen
dann sehnt sich mein Herz nach Liebesglut,
doch findet sie nicht, so weh es tut.

Lasst mich in Ruhe doch, ihr Frauen,
in meinem Herzen wohnt das Grauen
Wie Faust würd' ich fliehen gern,
ein Kuss löscht die Glut, mein Stern.

In Träumen kommst du sanft zurück
nur mit dir tauche ich ins Glück
für einen kurzen Augenblick,
doch mir entzieht sich dies' Geschick.

Es ist zu spät, das zeigt die Uhr,
von dir bleibt mir ein Seufzer nur,
zu Stacheldraht ist Rüsche erstarrt,
zu lieben vergass ich, das ist hart.

Die Musik verstummt, Jitka saugt sich in Péráks Augen fest, der verschüttete Wein saugt sich in den Teppich. Das Paar setzt sich zurück an den Tisch. Pérák winkt den Kellner herbei und bestellt eine neue Batterie für sein *Spiritola*. Er öffnet das Notizbuch auf der vorgemerkten Seite und liest weiter:

«Was unterscheidet die Menschen von den Tieren? Das Gedächtnis. Weder der Verstand noch der Wille, der Trieb oder die Moral entscheiden über das menschliche Tun, sondern einzig das Gedächtnis. Entscheidet ein Mensch, wie er sich verhalten soll, sucht er sein Gedächtnis nach ähnlichen Situationen ab und wählt schliesslich diejenige Variante aus, die er sich als die beste gemerkt hat. Sehnt er sich nach etwas, will er lediglich eine angenehme Erinnerung erneuern. Durch sein Gedächtnis beherrscht der Mensch die Natur.
Das Gedächtnis eines Neugeborenen ähnelt einer glatten Schallplatte. Doch jedes Ereignis in seinem Leben hinterlässt dort eine Spur. Und wenn es ansteht, sich etwas zu vergegenwärtigen, reicht es, die Nadel an der richtige Stelle anzusetzen und die Erinnerung abzuspielen. Im Un-

terschied zu einer Schallplatte ist es aber möglich, das Gedächtnis auszulöschen, indem das Gehirn der Wirkung eines starken Magneten ausgesetzt wird. Und dann kann man im Hypnosezustand auf das bereinigte Gedächtnis neue Erinnerungen aufnehmen.
Also habe ich Udo von Schlitz gelöscht und an seiner Stelle mich aufgenommen. Mein Wissen, meine Leidenschaften, Tugenden, Ängste. Lediglich meinen Verrat liess ich aussen vor, damit ich ohne Schuld wiedergeboren würde.
Am Ende gab es zwei Paul Rosengolds im Labor und ich war neidisch auf mein zweites Ich, weil ich mich vor mir selbst ekle und bald sterben werde, während er schön, jung, gesund und ehrenhaft ist. Und leben wird.
Hoffentlich hast du bereits begriffen, dass du der zweite bist.
Ich hatte nicht Zeit genug, meine sämtlichen Erinnerungen in dich einzupflanzen. Du weisst nicht, wer du bist und woher du kommst. Deine Feinde werden sämtliche Vorteile haben, du aber nur einen einzigen: deine übermenschlichen Beine.
Die Deutschen verdächtigen mich seit Langem und gerade eben scheint ihre Geduld zu Ende. Jemand klopfte an, hämmerte und trat schliesslich gegen die Tür. Ich stellte dich also auf den Rahmen des geöffneten Fensters und schob dich nach draussen, dann erst belebte ich dein Bewusstsein mit einem elektrischen Funken. Deine Reflexe funktionierten ausgezeichnet: Du warst bereits im Fallen, im letzten Augenblick aber stiessest du dich ab und verschwandest mit einem Riesensprung weit weg in der Dunkelheit. Ich bin stolz auf dich. Eigentlich auf mich.
Um sicher zu gehen, dass Udo von Schlitz in seinen eigenen Körper nicht mehr zurückkehrt, werde ich sofort zwei Behälter mit der Rohrpost verschicken. In demjenigen mit dem Namen Paul Rosengold wird dieses Notizbuch sein, der zweite mit dem Namen Udo von Schlitz wird ein giftiges Gas beinhalten. Die Tür kann jeden Moment nachgeben …»

Pérák denkt darüber nach, was er da gerade zu Ende las. Aus den Gedanken reisst ihn eine schallende Ohrfeige, die ihm Jitka verpasst: «Das heisst also, ich habe mit einem SS-Mann geschlafen?»
«Aber nicht doch, Liebling. Es liebte dich meine jüdische Seele.»
«Aber mit einem SS-Penis!»
Pérák bemüht sich, die schluchzende Jitka zu trösten, sie aber reisst sich los von ihm und rennt aus der Bar, wobei sie ihm noch ein «Suche mich nicht mehr. Weil du mich nicht findest!» entgegenschleudert.
Pérák lässt die übriggebliebenen Austern wegbringen und trinkt noch einige *Spiritolas* gegen die Trauer. Es ist Mitternacht, in der Bar sind nur noch die ausdauerndsten Gäste zurückgeblieben. Das Orchester verabschiedet sich. Pérák schleppt sich auf bereits etwas unsicheren Beinen zum verlassenen Klavier und fängt zu spielen und zu singen an:

Protektorat-Blues

Einen Protektor für abgefahrene Reifen?
Gern hör' ich auf diesen Rat,
den Protektor-Rat, in der Tat.
Was aber tun gegen das Protektorat?

Was tun, wenn die Luft aus dem Schlauch entweicht
einer Seele ähnlich, die durch die Wüste streift
seelenlos bleibt der Körper zurück
Im Protektorat ist kein Platz für Glück.

Wie Benzin in den leeren Tank
schiesst Blut in mein Herz hinein
Hinter dem Fenster die Bäume fein
rascheln im Wind und grüssen Heil.
Möge der Krieg bald vergangen sein.

Am Ende des Lieds rutschen Pérák die Tasten unter den Fingern durch, *Spiritola* hat ihn sturzbetrunken gemacht. Er bekommt Schluckauf und sein Kopf fällt aufs Klavier.

Plötzlich setzt sich die Walküre auf seinen Schoss, glühend vor Verlangen, in einem roten, eng anliegenden Kleid und einer Zigarette am Ende einer langen Elfenbeinspitze. Die beiden küssen sich eine Weile, dann schleppt die Walküre Pérák zur Damentoilette.

Sie zieht sich aus und setzt sich auf die Schüssel. Als sie die Beine spreizt, sieht man, dass um die senkrechte Spalte ihres Geschlechts weitere Striche eintätowiert sind, so dass alle zusammen ein Hakenkreuz bilden.

Pérák möchte das Wunder aus der Nähe betrachten, dabei verliert er das Gleichgewicht und versucht sich am wehenden Ende des Toilettenpapiers festzuhalten, das jedoch nicht standhält und sich von einer grossen Rolle immer weiter in seine Richtung abspult. Pérák hangelt blitzschnell daran, bis es ihm gelingt, sich am Papier an die Wand zu ziehen. Das Örtchen ist nun brusthoch mit weissen Wellen gefüllt. Pérák muss sich zur Walküre durchgraben.

Er nimmt die Beine unter die Arme und macht sich ans Werk, doch die Deutsche ist nicht viel leidenschaftlicher als ein gefrorenes Koalaweibchen. Als sie zur Sache kommen, fühlt es sich für Pérák so an, als ob er ihn zwischen die Seiten eines geschlossenen Buchs mit Logarithmentafeln schieben würde. Dann lehnt er seine Stirn an den Hebel am Wasserrohr und betätigt damit die Spülung. Durch das Brausen des Wassers vollkommen ernüchtert, knöpft er sich zu und sucht das Weite.

Die Walküre aber dreht den Kopf und schaut in die Richtung, wo in der Toilettenwand ein kleines Loch durchbohrt ist. Hinter dem Loch steht ein Fotoapparat und dahinter wiederum ein Mann, der die ganze Zeit auf den Auslöser gedrückt hat.

Der Morgen dämmert am Horizont. Pérák landet leise gleich neben Jitka, die am Fuss des Gasbehälters zusammengerollt schläft. Vorsichtig, um sie nicht zu wecken, hebt er sie auf und springt behutsam, ganz sachte hoch.

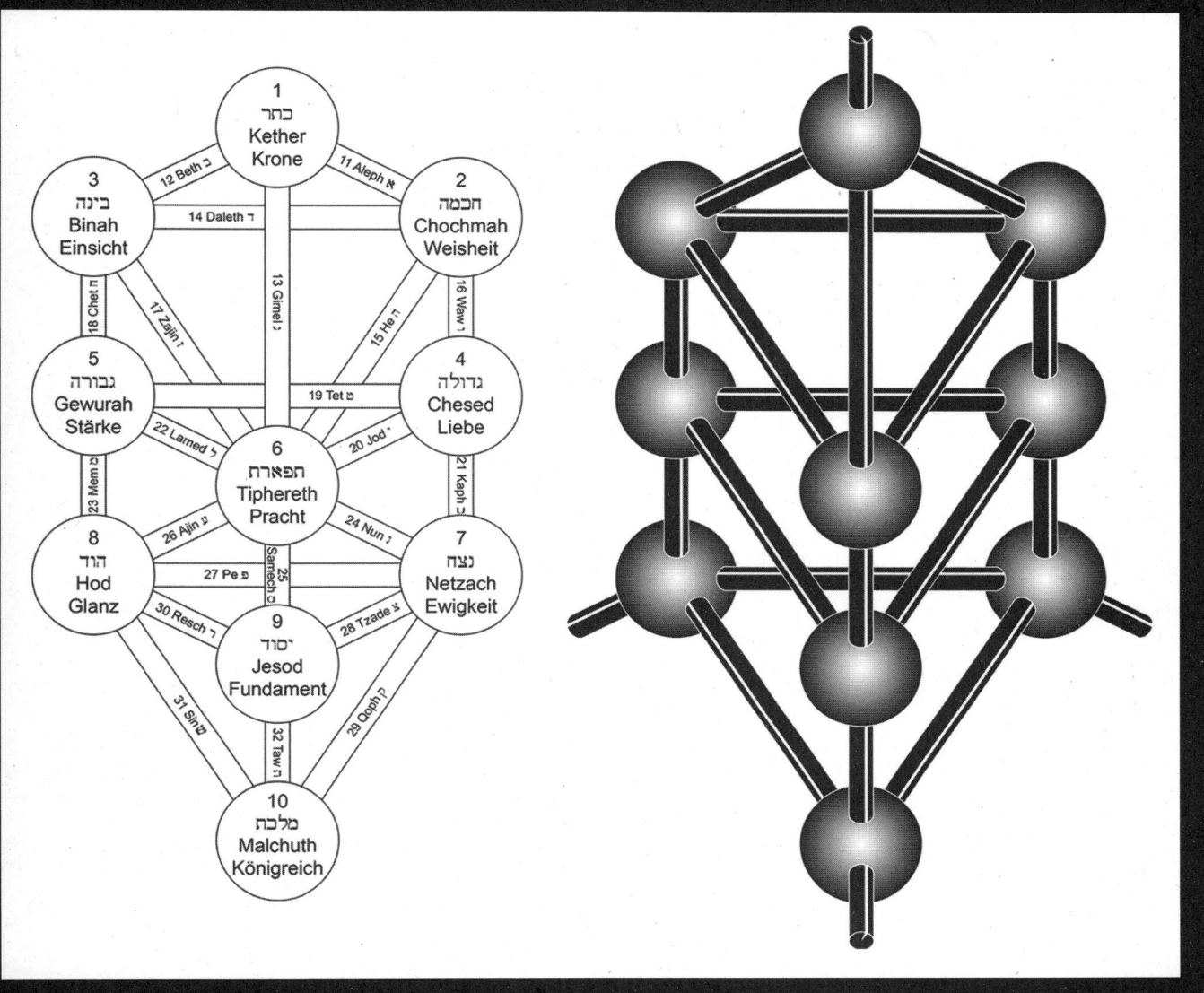

der Sephiroth-Baum

ein Hyperchroninmolekül

Der Garten *Auf der Schanze (Na Valech)* ist einer der sechs Gärten, die einen grünen Ring um die *Prager Burg* bilden.

20 Heydrich zündet sich die erste Morgenzigarette an und wartet, bis ihm das Nikotin im Blut dieses kurze, aber herrliche Schwindelgefühl herbeiführt. Sein goldenes Feuerzeug, mit einem Schädel aus Elfenbein und SS-Runen aus Ebenholz verziert, hält er der aufgehenden Sonne entgegen und wirft damit ausgelassen tanzende Lichterfiguren an die Wand.

«Ein schönes Stück, Herr Obergruppenführer», lobt der Adjutant beflissen.

«Ja, ein wunderschönes», stimmt Heydrich zu. «Das Feuerzeug hat mir der Führer persönlich zum Geburtstag geschenkt. Darüber hinaus versagt es nie. Würde ich es hundertmal hintereinander anzünden, würde es hundertmal Feuer geben.»

Pérák träumt angenehm von der Liebe. Als ein Samenerguss ihn weckt, begreift er, es war kein Traum.

Jitka legt sich zu ihm und flüstert ihm ins Ohr: «Verzeih, ich habe mich schrecklich dumm benommen. Der Körper ist nur ein Briefumschlag, in den Gott einen Brief eingelegt und mit der Post des Lebens verschickt hat. Den Umschlag kannst du wegwerfen, wichtig ist allein der Brief. Mir ist deine Seele wichtig.»

Pérák umarmt sie fest: «Ich muss dir aber etwas gestehen. Gestern habe ich...» Doch Jitka verstopft ihm den Mund mit ihrer geschmeidig festen Brust: «Von Gestern will ich nichts mehr hören. Wir vergessen es einfach. Zur Strafe streichen wir es aus dem Kalender. Magst du Honig, Liebling?»

Es braucht nur wenige Sprünge, um sie weit hinter Prag zu tragen. Pérák saugt begeistert die frische Landluft in sich hinein und watet mit Absicht in matschigen Pfützen. In einer Einöde am Waldrand finden sie eine Reihe aus Holz geschnitzter Bienenstöcke vor, die an riesige Hintern erinnern. Statt After haben sie Fluglöcher.

Aus einer Blockhütte kommt ein Greis mit einer Bienenhaube auf dem Kopf, durch die Löcher im Netz gucken lustig seine grauen Barthaare hervor. In der Hand hält er eine Imkerpfeife.

Jitka sagt zu Pérák: «Das ist mein Grossvater Leopold. Ich besuche ihn ab und zu, um mir Honig und weise Einsichten zu holen.»

Abgeschirmt von einem Rauchschleier entnimmt der alte Imker Honig aus den Bienenstöcken. Vergeblich schützen die Bienen ihre Vorräte, sie werden wieder einmal mit gewöhnlichem Zucker Vorlieb nehmen müssen. Pérák ist verzaubert von der schwindelerregenden Geometrie des Wachses.

Der Grossvater erzählt mit zittriger Stimme: «Eine Einzelbiene ist nichts. Der Bienenschwarm ist alles. Wenn der Bienenschwarm sich vornimmt, ein Kind zu bekommen, suchen die Arbeitsbienen sechs Weibchenlarven aus und fangen an, sie mit Gelée royale zu füttern. Nur aus einer mit Gelée royale genährten Larve kann eine Bienenkönigin werden. Diejenige Königin, die als erste schlüpft, muss zuallererst die anderen, noch ungeschlüpften, mit ihrem Stachel totstechen. Und sobald eine neue Königin da ist, nimmt sich die alte jede Menge Arbeiterinnen und fliegt mit ihnen weg, um einen neuen Bienenstock zu gründen. Das nennt man Bienenschwarm – und der ist das Kind des Bienenstocks. Eine Einzelbiene ist nichts.»

Der Grossvater gibt jedem eine Honigwabe und nimmt selbst auch eine. Alle drei saugen den glänzenden Honig aus dem Wachs, bald sind sie damit vollgeschmiert und beschmieren sich auch noch gegenseitig die Wangen. Der Honiggeschmack brennt sich ihnen in die Zungen. Er ist schmerzhaft süss, genauso schmerzhaft wie es wäre, mit dem Honigessen aufzuhören ... Nun setzt der Opa fort: «Wenn die alte Königin weg ist, fliegt die neue aus dem Bienenstock hinaus. Und hinter ihr alle Drohnen und jeder verbindet sich mit ihr. Und sie vögeln was das Zeug hält, weil die Königin es nachher mit niemandem mehr treiben wird, das erste Mal ist für sie zugleich das letzte Mal. Bis zu ihrem Tod behält sie den Samen dieses Tages. Und jedes Mal, wenn ein Ei in ihr herangereift ist, gibt sie ihm entweder etwas von diesem Samen, um es zu befruchten, oder aber nicht. Aus den befruchteten Eiern wachsen Weibchen heran, die entweder Arbeitsbienen oder mal ausnahmsweise Königinnen werden. Aus den unbefruchteten Eiern werden Männchen, also Drohnen. Alle Arbeit im Bienenstock verrichten die Arbeitsbienen. Die Drohnen fressen nur den Honig und warten auf die Liebe, halten sich bereit, bis wieder einmal eine neue Königin, ihre Schwester, hinausfliegt», fügt der Greis hinzu und schaut dabei verschmitzt drein.

Auf dem Rückweg schweigen beide. Erst zu Hause, über dem Gasbehälter, fragt Jitka: «Was sagst du dazu?»
«Zu Leopold?», Pérák denkt nach. «Er hat viele meiner Fragen beantwortet, auch wenn ich sie gar nicht gestellt habe.»

Bekanntmachung!

Den Angehörigen der Reichsdeutschen Wehrmacht, sowie den Angehörigen des deutschen Volkes darf von den anwesenden tanzenden Damen der Tanz nicht abgelehnt werden.

Upozornění!

Dámy, které tančí, nesmí odmítnouti tanec příslušníkům německé říšské branné moci resp. němec. národa.

Das Denkmal des Historikers und Politikers František Palacký (1798 bis 1876), einem bedeutenden Vertreter der tschechischen Nationalbewegung. Das 9 Meter hohe Monument, erbaut im Jahr 1912, steht auf dem *Palacký-Platz* in Prag.

21

Schwer wie eine überfressene Ente hebt der viermotorige Bomber *Halifax* mit vollen Tanks von der Bahn des *Royal Airforce-Flughafens* in Tangmere ab. In seinem Rumpf sitzen sieben tschechoslowakische Fallschirmjäger und der britische Kommandant des Vorhabens. Die einen schlafen, die anderen beten. Gabčík mit Kubiš vergnügen sich mit dem sadomasochistischen Spiel *Fleisch*. Nach einigen Flugstunden leuchtet das rote Licht auf. Der Kommandant öffnet die Tür und die Fallschirmjäger springen einer nach dem anderen ab. Die weissen Klecks der Fallschirme verfliessen am dunklen Firmament. Es dämmert.

Sie wachen auf, vom Honig verklebt. Nachdem sie sich endlich auseinandergerissen haben, schleckt Pérák sich ab und meint: «Heute werden wir den Deutschen ein wenig die Laune verderben.»
Jitka freut sich wie ein kleines Kind: «Wir werden ihren fliegenden Kuchen kaputtmachen, nicht wahr?»
Pérák gähnt zustimmend und fängt an sich anzuziehen.

Sie liegen auf den entgegengesetzten Seiten der Schornsteinkrone auf dem Dach der Fabrik in der *Kolbenova-Strasse* in Prag-*Vysočany*, woher sich eine wunderbare Aussicht über *Klíčov* auf den Flughafen *Werk I* in *Letňany* eröffnet. Durch ein Fernrohr betrachten sie ihr Ziel. Die fliegende Untertasse übt sich gerade im Schiessen auf eine Zielscheibe, die ein Flugzeug auf einem Seil hinter sich schleppt. Ein paar Salven und die Zielscheibe ist zerfetzt.
Jitka meldet: «Die Ausrüstung besteht aus 6 in den Rumpf eingelassenen Kanonen. Es sind je zwei um jedes dieser seltsamen Löcher platziert. Von der Art des Mündungsfeuers würde ich auf *Mauser MG 151*, Kaliber 20 Millimeter, schliessen. Aber verdammt, wie kann das Zeug ohne Propeller fliegen?»
«Diese Motoren arbeiten wie Wasserturbinen, statt Wasser spritzt jedoch angezündetes Benzin hinein», erklärt Pérák. «Durch die seltsamen Löcher, wie du sie nennst, saugen sie Luft ein und am anderen Ende atmen sie heisse Abgase aus. Dadurch stossen sie sich nach vorne ab, wie eine Rakete.» Pérák ritzt mit einem Ziegelbrocken den Grundriss einer fliegenden Untertasse in den Schornstein: «Sie hat insgesamt 3 Turbinen, die jeweils um 120 Grad gegeneinander verschoben sind. Es arbeitet immer nur eine. Soll die Untertasse abbiegen, wird diejenige Turbine eingeschaltet, die der neuen Richtung am nächsten liegt, zugleich wird diejenige ausgeschaltet, die vorher lief. Die Kabine wird von einem Elektromotor automatisch in die Flugrichtung gedreht. Dadurch kann die Untertasse fast auf der Stelle wenden, einfache Flugzeuge hätten keine Chance, so ein Manöver auszuführen. Die einzige Schwierigkeit ist, das Zeug in der Luft zu halten, dafür sorgen wohl die orangenen Affen, die wir vorher beim Einsteigen beobachtet haben.»
Jitka schlägt vor: «Lasst uns in der Nacht heranschleichen und den Kuchen in die Luft jagen.»
Pérák schüttelt den Kopf: «Dann würde man einen neuen bauen. Wir müssen den Kuchen samt Zwetschgenfüllung auf einen Schlag kriegen.»
Pérák legt seinen Arm um Jitka, duckt sich zum Sprung ...

JOZEF GABČÍK
(8. April 1912, Poluvsie bis 18. Juni 1942, Prag)
Gabčík wurde in der Slowakei als Sohn eines slowakischen Vaters und einer tschechischen Mutter geboren.
Erst erlernte er das Schmiede- und das Schlosserhandwerk, von 1934 an diente er als Unteroffizier der Tschechoslowakischen Armee. Im Juni 1939 floh er vor den Deutschen nach Polen, wo er Jan Kubiš traf. Gemeinsam schifften sich die beiden nach Frankreich ein, wo sie der Fremdenlegion beitraten. Im September 1939 trat Gabčík zu der tschechoslowakischen Auslandsarmee über und kämpfte gegen die Deutschen im Blitzkrieg. Nach der Niederlage Frankreichs wurde er nach England ausgesiedelt. Auf dem geheimen Stützpunkt des britischen Nachrichtendienstes *SOE (Special Operations Executive)* nahe des schottischen Städtchens Arisaig durchlief er die anspruchsvolle Ausbildung der legendären *Commandos* für den Kampf im Rücken des Feindes. Er wurde ausserdem zum Fallschirmjäger ausgebildet und absolvierte Kurse in Sabotage, der Sprengstoffarbeit und im lautlosen Töten. Schliesslich wurde er zum Befehlshaber der Fallschirmabteilung *Anthropoid* ernannt, die am 27. Mai 1942 in Prag ein Attentat auf Heydrich durchführte.

JAN KUBIŠ
(24. Juni 1913, Dolní Vilémovice bis 18. Juni 1942, Prag)
Er arbeitete als Knecht und als Heizer in einer Ziegelei. Nach der allgemeinen Militärdienstzeit blieb er als Unteroffizier in der tschechoslowakischen Armee. Im Juni 1939 überschritt er illegal die Staatsgrenze nach Polen, wo er Jozef Gabčík kennenlernte. Ähnlich wie Gabčík trat auch er der Fremdenlegion bei, kämpfte in der tschechoslowakischen Auslandsarmee für Frankreich und nach der Niederlage schiffte er sich nach England ein. Er absolvierte eine Fallschirmjägerausbildung sowie Kurse für Spezialeinheiten. Auf Wunsch von Jozef Gabčík wurde er der Fallschirmabteilung *Anthropoid* zugeteilt. Gemeinsam führten sie das Attentat auf Heydrich aus.

... und landet auf dem Wellblech des Hangardachs. Ein lautes *Krrrach!* hallt in alle Richtungen, doch in der Fabrik lärmt und scheppert es, so dass keiner etwas mitbekommt. Schnell reissen sie die grauen Overalls herunter, darunter erscheinen die grau-blauen Ausgangsuniformen der Luftwaffe; Pérák trägt auf dem Kragen rote Aufschläge mit drei Vögeln in einem Eichenlaubkranz, also den Rang eines Obersten der *Flak*-Artillerie, Jitka muss sich mit dem Rang des Leutnants und einem einzigen Vogel über Eichenlaub begnügen. Auf einer Leiter klettern sie hinunter und stehen vor dem Hangar.

An der Tür hängt eine mit deutscher Gründlichkeit ausgeführte Skizze des Flughafens samt Beschriftungen. Pérák sticht mit dem Finger auf die Aufschrift *Flugabwehrzentrale*.

Von Jitka gefolgt, stürmt Pérák den Raum. Ein Soldat mit Maschinenpistole steht hier Wache, während sich zwei Zivilisten an einer grossen Kurbel gegenübersitzen. Sobald sie Péráks Ankunft bemerkt haben, recken sich alle hoch in die Habachtstellung und heben den rechten Arm: «Heil Hitler!»

«Heil», winkt Pérák achtlos, während Jitka nur salutiert. Pérák mustert den Mann mit der Maschinenpistole von Kopf bis Fuss, zieht an einem geöffneten Uniformknopf und sagt auf Deutsch: «Was ist das?»

Der unglückliche Soldat knöpft sich eifrig zu und bemerkt dabei gar nicht, dass ihm die Kehle durchgeschnitten wird. Die zwei Verbleibenden empfinden die Strafe für die nachlässige Kleidung zwar als zu streng, doch sie äussern keine Einwände, denn Jitka hält sie mit ihrer Pistole in Schach. Pérák begnügt sich damit, die beiden mit einem Schlag auf den Kopf bewusstlos zu machen, schliesslich sind sie ja Zivilisten.

Dann ergreifen er und Jitka die Sirenenkurbel und drehen daran. Es geht nur schwer, doch das erzeugte Geheul ist die Mühe wert.

Fliegeralarm! Aus allen Richtungen rennen die Fabrikangestellten in den Luftschutzbunker, inzwischen rollen zwei Jagdflugzeuge *Me 109* aus dem Hangar und starten. Ein Gehilfe reisst den Tarnbezug vom Flakgeschütz ab und dreht den Waffenlauf gen Himmel.

Das Telefon klingelt. Ohne zu zögern hebt Jitka ab, lauscht eine Weile und dann antwortet sie im schnittigen Deutsch: «Jawohl! Nein... Jawohl... Nein... Zu Befehl!» Daraufhin knallt sie den Hörer zurück auf die Gabel. Pérák blickt sie mit Anerkennung an: «Ich wusste nicht, dass du so gut Deutsch verstehst.»

«Ganz und gar nicht», lacht Jitka. «Wenn du mit einem deutschen Vorgesetzten sprichst, musst du nicht verstehen. Es reicht, wenn du die geraden Fragen mit *Ja* und die ungeraden mit *Nein* beantwortest. Die Deutschen sind nämlich alle gleich, weisst du? Mit dem ersten Satz fragen sie dich etwas, was bereits alle wissen, beispielsweise: *Habt ihr den Fliegeralarm ausgerufen?* Mit dem zweiten Satz wollen sie sich vergewissern, dass Frage Nummer eins richtig verstanden wurde. Also wird sie umgedreht, etwa so:

... Pérák dreht an den Einstellrädern, bis er die fliegende Untertasse mitten im Visier hat...

Habt ihr die Sirene nicht irrtümlich eingeschaltet? Mit dem dritten Satz befehlen sie etwas, wo es nichts zu diskutieren gibt, zum Beispiel: *Sobald der Luftangriff beendet wird, meldet den Schaden!* Nun, und mit dem vierten Satz bieten sie dir etwas an, von dem sie annehmen, dass du es ablehnen wirst, wie etwa: *Braucht Ihr Verstärkung?* Und so weiter …» Während sie reden, kommen sie rennend am Luftschutzbunker an. Pérák startet den nächststehenden Lastwagen und fährt damit rückwärts in die Bunkertür, damit sie nicht aufgemacht werden kann. Dann marschieren er und Jitka zu der Flugabwehrkanone, es ist die berühmte 88 mm *Flak 18*, die von einem Wall aus Sandsäcken geschützt wird. Die Soldaten nehmen keine Notiz von den beiden, denn sie gucken in den Himmel. «Nach oben geneigte Köpfe lassen sich am besten abschneiden», lobt Pérák die vollbrachte Tat. Er und Jitka werfen die Leichen hinter die Säcke und nehmen ihre Plätze ein. Pérák dreht an den Einstellrädern der Kanone, bis er die fliegende Untertasse mitten im Visier hat und *Wumms!* Ein paar Meter neben der Untertasse blüht ein schwarzes Wölklein auf, die Maschine kommt ins Wanken, ein Rumpfstück bricht heraus und fällt ab. Hanna Tiersch zetert, bis die Verglasung der Pilotenkabine zittert. Die fliegende Untertasse fängt an wild herumzumanövrieren, fliegt im Zickzack hin und her wie eine aufgescheuchte Motte. Die Kanone spuckt eine rauchende Patrone aus, Pérák schiebt geschmeidig eine neue in den Waffenlauf. Jitka beobachtet das Ziel durchs Fernrohr und meldet: «Die Höhe stimmt, ein Stück vorschieben!» *Bumms!* Eine weitere Explosion, diesmal unmittelbar vor der Untertasse. Zischend beissen die Scherben Löcher in die Ummantelung, aus einem der Motoren steigt Rauch auf. Tiersch wird nun ernsthaft sauer, sie senkt die Untertasse, um die *Flak* im Sturzflug anzugreifen. Aus beiden Kanonen speit sie mörderisches Feuer. Wie zwei unsichtbare Pflüge beisst sich das Kanonenfeuer der Untertasse durch die Erde, kommt der *Flak* immer näher, doch Pérák zielt kaltblütig weiter. *Rrumms-zisch!* Die Untertasse bekommt einen direkten Treffer und fliegt in Stücke auseinander, Tiersch schafft es, sich im letzten Moment wegzuschleudern und hängt nun, klein und hilflos, unter dem Fallschirm, wie der Samen einer Pusteblume. Jitka und Pérák hingegen wurden von rauchenden, weichen Stücken einer stinkenden Masse zugeschüttet. Pérák spuckt aus und flucht: «Donnerwetter! Der fliegende Kuchen wurde nicht fabriziert, er ist von allein gewachsen! Es ist…»

«…ein Löcherpilz», ergänzt Jitka. «Ein teuflisch übertriebener Löcherpilz. Offensichtlich wird das Metall im Reich knapp.» Eine Kolonne Panzerfahrzeuge rast auf das Fabriktor zu, dasjenige an der Spitze bricht das Tor auf. Noch während der Fahrt springen SS-Männer hinaus und schiessen wütend um sich. Pérák gibt Jitka einen langen Kuss. «Das war saubere Arbeit heute. Gut stehen!» «Gut stehen!», grüsst Jitka, während das Lärmen der Deutschen tief unter ihnen abflaut.

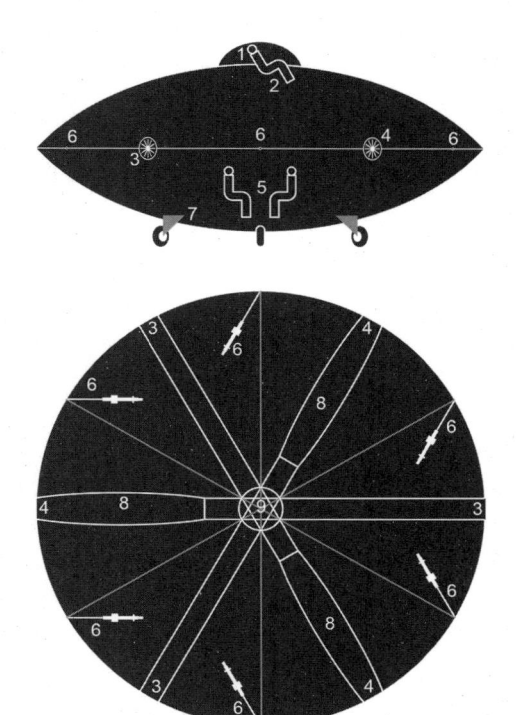

KRAUTSUPPENSCHÜSSEL – DIE GEHEIMWAFFE DES DRITTEN REICHES

1. Kuppel
2. Pilotensitz
3. Öffnungen zum Lufteinsaugen
4. Auspuffdüsen
5. Tummo-Raum – der Standort der tibetischen Mönche
6. Maschinengewehre *M 151*
7. Einziehbares Fahrgestell
8. Motoren *Jumo 004*
9. Ein Drehventil in der Mitte der gekreuzten Saugrohre, mittels einer Welle fest mit der Kabine verbunden, bei einer Richtungsänderung stellt es den Servomotor stets in die Flugrichtung ein

Der festlich erleuchtete *Veitsdom* **auf der** *Prager Burg* **im Jahr 1928. Der** *Veitsdom* **ist die Kathedrale des Erzbistums Prag und das grösste Kirchengebäude Tschechiens.**

22

Über Prag geht die Sonne unter, und obwohl sie bereits hinter den Häusern verschwindet, scheint es, als ob sie innerhalb von ihnen unterginge; die bis dahin erleuchteten Fenster erblinden eines nach dem anderen und die Stadt nimmt eine Schattierung an, die noch schwärzer ist als die Finsternis selbst.

Es knackt im Dunkeln und an der Decke leuchtet eine rote Glühbirne auf.
Ein junger Techniker, den weissen Kittel lässig über die SS-Uniform geworfen, schwenkt mit einer Papierzange ein Foto in der Entwicklungslösung.
Nach und nach entfaltet sich ein Bild auf der Papieroberfläche; zunächst ähnelt es der Entstehung des Universums, dann ausgeweideten Innereien und zuletzt wandelt es sich zu Pérák, der die Walküre auf der Toilettenschüssel rannimmt. Der Techniker zieht das Foto durch das Fixierbad und reicht es noch nass der Walküre, die sieht es an und wirft es weg: «Das nicht.» Der Techniker verschiebt den Film im Vergrösserungsgerät zum nächsten Feld, belichtet es und taucht ein weiteres Papier in die Entwicklungslösung. Dabei beobachtet er die Walküre abwechselnd auf dem Foto und vor sich stehend. Dann meint er: «Sie gewinnen schnell Freunde, nicht wahr, Fräulein?»
Sobald die Walküre seinen geilen Blick auffängt, fertigt sie ihn ab: «Vergessen Sie es, Unterscharführer. Ich habe lediglich einen Befehl ausgeführt, verstehen Sie? Es war genauso nationalsozialistisch, als ob ich für den Führer selbst die Beine breit gemacht hätte.»
Die Walküre zerreisst auch das zweite Bild: «Das auch nicht.»
Der Techniker fischt die Zange aus der Schüssel und versucht damit die Brustwarze der Walküre einzuklemmen. Die Überfrau verdreht ihm blitzschnell den Arm hinter dem Rücken, seinen kreischenden Kopf bestreicht sie mit Silberbromid, zieht ihn an den Haaren unter das Vergrösserungsgerät, beleuchtet ihn mit einer weiteren Aufnahme, plantscht ihn in der Entwicklungslösung, bis keine Blasen mehr aus seinem Mund aufsteigen, lässt ihn kurz Atem holen und gibt ihm schliesslich den Rest mit dem Fixierbad. Dann studiert sie sorgfältig das Bild auf seinem Gesicht. Endlich scheint sie zufrieden zu sein: «Dieses hier gefällt mir. Bis morgen werden Sie eintausend Kopien davon machen und persönlich dafür sorgen, dass jeder beschissene Pornografiehändler in Prag sie im Angebot hat. Ist das klar?»

Ein Glockenfriedhof in Prag-*Holešovice* während des Zweiten Weltkriegs.

23   Jeder feiert das Jahresende nach seinem Gusto ... *Niemandsland an der deutsch-sowjetischen Front vor Moskau.* **Es dämmert und es ist bitterkalt.**

Ein kleiner deutscher Soldat steht Wache, in einem lächerlich langen Mantel, der so faltig ist, als ob sich die Knochen darunter abzeichneten. Über der Schulter trägt er ein Gewehr mit einem aufgesetzten Bajonett. Der Fritze steigt von einem Fuss auf den anderen, stöhnt und seufzt, denn er muss ganz schrecklich Wasser lassen, fürchtet sich aber. Schliesslich hält er es nicht länger aus, schiebt den Mantel hoch, öffnet den Hosenlatz, holt das von der Kälte geschrumpfte Glied hervor und löst die entsprechenden Muskeln.
Der Anfang des goldenen Bogens erfriert noch bevor er den Boden berühren kann. Das Eis kämpft sich hoch und höher gegen den Urinstrom, bis es in den Penis hineinstösst und ihn mit Raureif versilbert, dann steigt es weiter auf. Der Soldat schafft es noch, die Mundwinkel zu einer Grimasse unendlicher Erleichterung anzuheben, daraufhin erfriert er. Und so steht er dort weiter, gestützt auf die glitzernde Urin-Parabel, während ihn der Wind sanft von einem Bein aufs andere wiegt.

Carinhall, der Sitz der Familie Göring. So eine Silvesterfeier hat bisher noch keiner erlebt und es wird schwer sein, sie zu verdauen. Die ganze Einrichtung samt Möbel ist essbar.
Die Teppiche sind aus bunten Fäden von geschmolzenem Zucker gewoben, die Stühle aus luftgetrockneter Salami zusammengeleimt, die weichen Sessel aus Terrinen geschnitzt. An Ketten aus Cabanossi, Blut- und Bratwürsten hängen Leuchter aus Schweinehälften, die hunderte Butterkerzen tragen. Im Marzipankamin knistern Schokoladenscheite. Den Boden bedeckt ein Parkett aus Hartkäse dreier Farben in kniffligen geometrischen Mustern: der erste ist ein britischer *Wensleydale*, bleich wie Elfenbein im Mondschein, der zweite ein französischer *Abondance*, der im feurigen Gelb leuchtet, und der dritte ein norwegischer *Gudbrandsdalsost*, zu einem kaffeebraunen Farbton gereift. Aus dem Springbrunnen in der Mitte sprudelt Kaviar in unendlichem Strom. Die Weiträumigkeit des Saales steigern zusätzlich Spiegel aus polierten Speckscheiben.
Die Wachen achten streng darauf, dass keiner etwas wegisst, doch die hungrigen Gäste stibitzen trotzdem da und dort ein Stückchen, brechen heimlich ein Bröselchen ab, knabbern unauffällig einen kleinen Bissen.
Der Vorhang öffnet sich und auf eine mit Brotlaiben gepflasterte Bühne tritt eine Viererreihe unglaublich ausgezehrter Kerle im Frack. Sie verbeugen sich und mittels Magenknurren spielen sie brillant das *Horst-Wessel-Lied* vor. Ermuntert vom stürmischen Beifall knurren sie noch Charpentiers *Te Deum* hinzu und verdrücken sich.
Nun schieben Angestellte ein drei Meter hohes Alphorn auf einem Wagen in die Bühnenmitte. Ein stämmiger Tiroler ergreift es und bläst eine ausgelassene Melodie. Eine vollbusige Blondine neben ihm singt dazu und jodelt am Ende jeder Strophe:

Ich melk' die Kuh, nehm' dann Atropin
saufe Koffein, leg' zum Schlaf mich hin.
Alkaloidüüü... alkaloidüüü...alkaloioi-loioi-loioidüü.

Wenn ich aufg'wacht bin, rauch' ich Nikotin,
schnupfe Kokain, schön wär's in Berlin.
Alkaloidüüüüü...

Bitter wie Chinin ist das Leben hier,
hab' ich kein Morphin, ist die Freud' dahin.
Alkaloidüüüüü...

Es naht der Höhepunkt des Abends. Auf die Brotbühne kommt ein Greis angehumpelt, auf dessen Rücken die Jahreszahl *1941* aufgemalt ist. Von der gegenüberliegenden Seite nähert sich ein Jüngling, nackt, bis auf einen Lendenschurz mit der Nummer *1942*, er trägt eine *MP 40*, die mit Katzengold bestrichen ist. Reichsmarschall Göring selbst hat den Arm über seine Schulter gelegt, er ähnelt einem Fass Lagerbier, das in eine purpurne, mit goldenen Palmzweigen bestickte Tunika gehüllt wurde, nach dem Vorbild der römischen Triumphatoren. An jedem Finger trägt er mindestens zwei Ringe, dazu unzählige Armbänder, Halsketten und weiteren Schmuck.
Die Gäste klatschen frenetisch. Nach einer Weile bedeutet ihnen Göring, leise zu werden und ergreift das Wort: «Meine Damen und Herren, teure Stammesgenossen. Das Jahr 1941 hat anfangs vielversprechend ausgesehen, doch nun, am Ende, ist es irgendwie verpatzt. Lasst uns hoffen, dass das neue besser wird.»
Göring deutet auf eine riesige Uhr an der Wand. Unterschiedlich grosse Keulen ersetzen den grossen, den kleinen und den Sekundenzeiger; genauer eine Rinder-, eine Schweine- und eine Hasenkeule. Die ersten zwei zeigen bereits auf die Zwölf, die dritte nähert sich ihnen. Göring zählt die letzten zehn Sekunden laut und alle schliessen sich ihm an: «10, 9, 8, 7, 6, 5, 4, 3, 2, 1, jetzt!»
Göring winkt dem Jüngling – also dem neuen Jahr, dieser drückt auf den Auslöser und durchlöchert mit einer langen Salve das alte Jahr wie ein Sieb. Der Greis rutscht auf eigenem Blut aus, die Gäste fliehen in Panik in den Frost hinaus. Die essbaren Möbel brechen durch die Hitze zusammen, fliessen auseinander, fangen zu stinken und zu gammeln an. Göring kichert, bis sein Fett flattert.

V NOVÉM ROCE, NOVINKU V ODPORECH

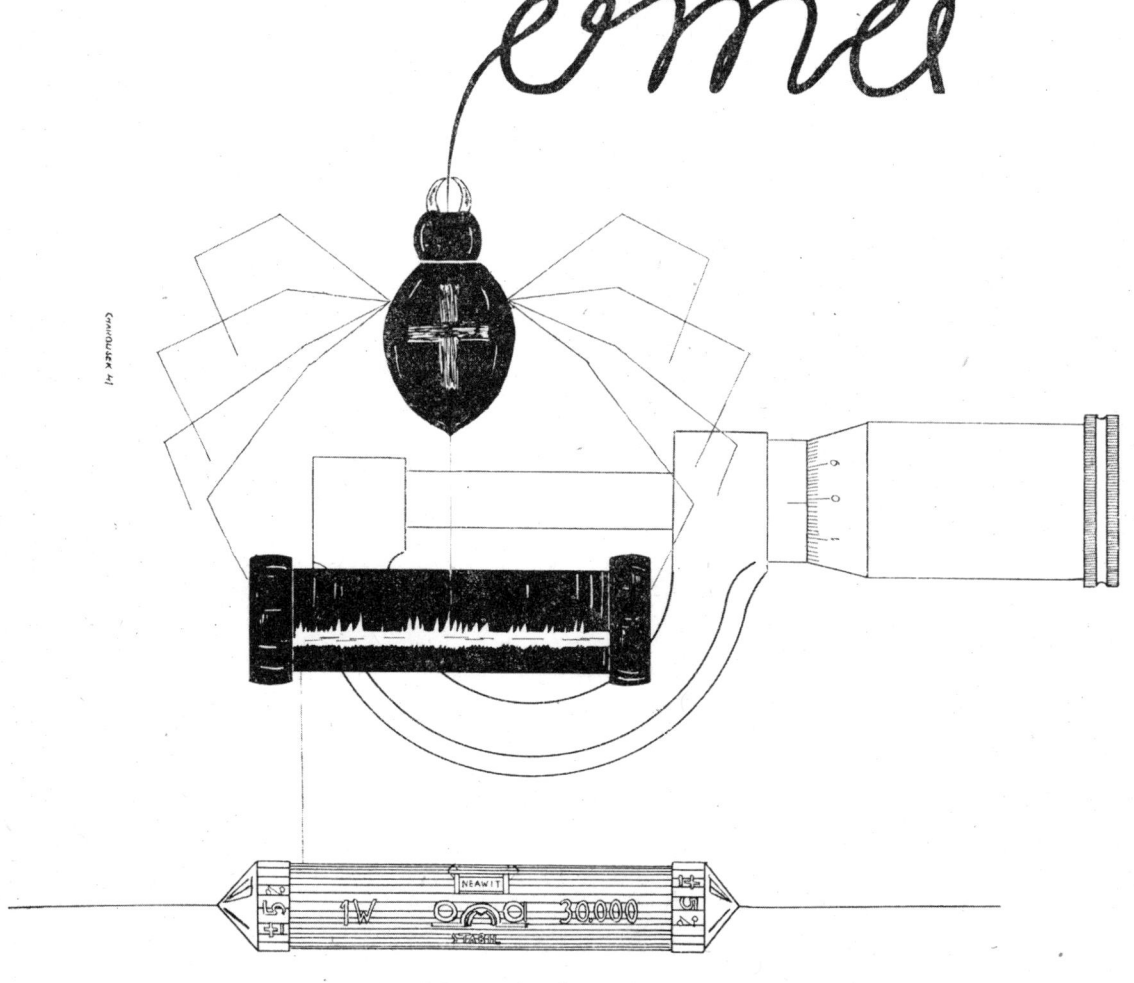

Skutečný odborník žádá kvalitu a přesnost

V tomto ohledu vyhovují jedinečně odpory OMA-Neawid-Stabil
Po prvé na zdejším trhu přinášíme vinuté odpory od 1 W

Od 1. ledna žádejte ve všech solidních radiozávodech
odpory: **OMA-Neawid-Stabil** (s pavoučkem)

Přesto, že tolerance jest maximálních 5% a tolerance neklesá při zvýšené teplotě, ceny odporu jsou:

1 W	5·60 K	do 30 000 ohm
3 W	6·80 K	do 50.000 ohm
6 W	8·— K	do 50.000 ohm

Tyto prvotřídní výrobky v radiooboru přináší s přáním mnoha zdaru v tomto roce

oma

KAREL CHAROUSEK

Diese Anzeige aus dem Jahr 1942 beinhaltet eine versteckte Aufforderung zum Widerstand gegen die Nationalsozialisten. Die Schlagzeile *Im neuen Jahr eine Novität in Sachen Widerstand* ist auf elektrotechnische Bauelemente zu beziehen oder auch als Widerstand gegen die Besatzungsmacht zu verstehen.

Der Gebäudekomplex der ČKD in *Prag-Libeň*, einer Maschinenfabrik, die während der deutschen Besatzung Waffen für die Wehrmacht fertigte. Das Bild stammt aus der Vorkriegszeit.

24

Péráks Höhle ist nun deutlich eine Frauenhand anzumerken. Es ist aufgeräumt und sauber hier, die Waffen, Sprengkörper und Geräte sind in nette Häufchen angeordnet. Auf dem Boden steht eine bronzene Führer-Büste, in deren Schädel oben jemand ein Loch gebohrt hat, also dient sie nun als Christbaumständer. Auf dem Funkgerät steht eine aus Holz geschnitzte Krippe. Davor sitzt Jitka mit Kopfhörern und bringt die aufgefangenen Buchstaben blitzschnell mit einem Bleistift aufs Papier. Danach arbeitet sie mit dem Chiffrierschlüssel. Über das Ergebnis schüttelt sie den Kopf, versucht es wieder und wieder, doch es kommt stets die gleiche Nachricht dabei heraus. Schliesslich unterstreicht sie alles mehrmals mit dem Bleistift und sagt laut: «Es wird ein Attentat auf Heydrich vorbereitet.»
«Aber das sollte doch ein Attentat auf den Minister der Bildung und Volksaufklärung sein, den schleimigen Verräter Moravec!», wundert sich Pérák.
«Ja, das sollte es», nickt Jitka. «Aber jetzt hat sich Beneš in London mir nichts dir nichts Heydrich in den Kopf gesetzt. Die Fallschirmjäger sollen es machen. Sie halten sich schon irgendwo hier auf.»
«Nun, warum eigentlich nicht», zuckt Pérák mit der Schulter. «Heydrich ist schliesslich auch eine Ultrasau. Doch irgendetwas gefällt mir daran nicht. Liebling, ich werde schnell irgendwo hinspringen, bin gleich wieder zurück.»
Pérák stösst sich ab …
… und landet auf dem Innenhof des Schlosses *Panenské Břežany*, direkt neben dem grau-grünen Cabriolet des Protektors, einem *Mercedes-Benz 320*. Heydrichs persönlicher Chauffeur, SS-Oberscharführer Klein, beugt sich gerade unter die geöffnete Haube und repariert etwas am Motor. Pérák hebt die Motorhaube hoch und schlägt sie mit aller Kraft zu. Dann schleppt er Kleins reglosen Körper in die Garage und kehrt nach einer Weile zurück, in SS-Uniform gekleidet.
Heydrich nähert sich, vertieft in irgendwelche Schriften. Lässig lässt er sich auf den Rücksitz sinken und tippt mit dem Hirschleder-Handschuh gegen die Tür als Zeichen, man solle losfahren. Pérák schliesst gehorsam die Haube, setzt sich ans Lenkrad und startet.
Als der Wagen in voller Fahrt die Strasse entlang saust, lässt Pérák das Lenkrad los, springt hoch, fällt auf den Sitz neben Heydrich und klopft ihm auf die Schulter. Der Reichsprotektor glotzt ihn verdutzt an und greift nach der Waffe, Pérák aber schnippt mit den Fingern und schneidet die *Parabellum* von oben bis unten entzwei, wie eine Bratwurst.
In der Ferne taucht eine Kurve auf. Heydrich schiebt die Pistolenreste zurück in den Holster, zeigt mit eiserner Ruhe auf die Strasse und sagt in gebrochenem Tschechisch: «Sie sollten lieber lenken, Herr Sprungmann!» Pérák holt Handschellen aus der Tasche und schliesst einen der Ringe um Heydrichs Handgelenk, den anderen befestigt er am Türgriff, dann schickt er sich an, während der Fahrt herauszuspringen. Die Kurve kommt näher, wie ein am Schnurende befestigter Haken.
Heydrich zündet sich mit der freien Hand eine Zigarette an: «Sie machen einen grossen Fehler, Herr Sprungmann. Ich bin nicht Ihr

---

HERRENVOLK
Aus der geheimen Ansprache von Reinhard Heydrich an die nazistischen Machthaber im Protektorat Böhmen und Mähren am 2. Oktober 1941:
«Da gibt es folgende Menschen: Die einen sind gutrassig und gutgesinnt, das ist ganz einfach, die können wir eindeutschen. Dann haben wir die anderen, das sind die Gegenpole: schlechtrassig und schlechtgesinnt. Diese Menschen muss ich hinausbringen. Im Osten ist viel Platz. Dann bleibt in der Mitte nun eine Mittelschicht, die ich genau durchprüfen muss. Da sind in dieser Schicht schlechtrassig Gutgesinnte und gutrassig Schlechtgesinnte. Bei den schlechtrassig Gutgesinnten – wird man es wahrscheinlich so machen müssen, dass man sie irgendwo im Reich oder irgendwie einsetzt und dafür sorgt, dass sie keine Kinder mehr kriegen, weil man sie in diesem Raum nicht weiter entwickeln will. – Aber nicht vor den Kopf stossen! Es ist dies ja alles nur theoretisch gesehen. Dann bleiben übrig die gutrassig Schlechtgesinnten. Das sind die gefährlichsten, denn das ist die gutrassige Führungsschicht. Wir müssen hier überlegen, was wir mit diesen machen. Bei einem Teil der gutrassig Schlechtgesinnten wird nur eines übrig bleiben, dass wir versuchen, sie im Reich in einer rein deutschen Umgebung anzusiedeln, einzudeutschen und gesinnungsmässig zu erziehen oder, wenn das nicht geht, sie endgültig an die Wand zu stellen; denn aussiedeln kann ich sie nicht, weil sie drüben im Osten eine Führerschicht bilden würden, die sich gegen uns richtet. Das sind die ganz klaren grundsätzlichen Gedanken, die wir uns als Leitlinie nehmen müssen. Und wann das geschieht, das ist eine Frage, die der Führer entscheiden muss. Aber die Planungen und das Rohmaterial zusammenzutragen, das sind Dinge, die wir schon einleiten können.»

ARNOŠT HEIDRICH
Interessant ist, dass die Mehrheit der tschechischen Widerstandskämpfer deutsche Namen trug. Zum Beispiel Arnošt Heidrich, ein führendes Mitglied der Widerstandsorganisation *ÚVOD*, der unter anderem Beneš mehrfach per Funk darum bat, die *Operation Anthropoid* zu stoppen. Man kann es sich ungefähr so vorstellen (das Gespräch verläuft selbstverständlich mittels verschlüsselter Nachrichten, gesendet mit dem Morsealphabet):
«Tötet nicht Heydrich, Heidrich.»
«Achtung, Sie haben das letzte Wort der Nachricht zweimal gefunkt, Beneš, Beneš.»
«Ich wiederhole: Heydrich darf nicht getötet werden.»
«Wer will das?»
«Hier Heidrich.»
«Arnošt, kusch dich, oder ich lass dich auch erschiessen. Dein Edi.»

Feind. Wenn ich sterbe, wird Ihr ganzes Volk aussterben.» Pérák springt hinüber zum Lenkrad, biegt in eine ruhige Waldstrasse ein und schaltet den Motor aus. Das erhitzte Metall des Kühlers tickt in die Stille hinein.

Mit einer Handbewegung bedeutet er Heydrich, seine Darlegung fortzusetzen. Dieser lässt sich nicht lange bitten: «Der Führer ist wahnsinnig. Oder aber er ist es nicht und arbeitet in fremden Diensten gegen Deutschland. Noch weiss ich nicht, was davon stimmt. Ich aber will nicht alle Juden ausmerzen. Ich will nicht Krieg gegen die ganze Welt führen, bis wir alles verloren haben. Mir liegen bereits genug Beweise vor. Ich werde Hitler verhaften lassen, man wird ihn verurteilen und er wird sich im Gefängnis erhängen. Daraufhin werde ich ein Ende des Personenkults ausrufen und die Partei von Fanatikern und Kriegsverbrechern säubern. Dann werden wir Frieden schliessen, ohne weitere Gebiete zu beanspruchen, den bereits besetzen Ländern gewähren wir Autonomie. Wir werden uns bei den Opfern der schlimmsten Übergriffe entschuldigen, einige werden wir sogar entschädigen. Die Konzentrationslager werden geschlossen, zumindest die schlimmsten. Wir werden einen Nationalsozialismus mit menschlichem Antlitz ausrufen.» Heydrich macht eine kleine Pause, schnippt den Zigarettenstummel gegen ein neugieriges Eichhörnchen und setzt dann fort: «Wenn du mich tötest, wird es niemanden geben, der Hitler stoppen kann. Europa wird zerfallen und mitten in den Trümmern werden die bolschewistischen Barbaren *Kasatschok* tanzen.»

Pérák schraubt den Deckel vom Tank ab, blickt sich um, reisst vom Kotflügel das dreieckige SS-Fähnchen ab und lässt es sich mit Benzin vollsaugen. Daraufhin holt er eine Schachtel Streichhölzer hervor und schüttelt sie. Dann sagt er zu Heydrich: «Das wäre wohl die allerschlimmste Möglichkeit. Ihr Deutschen müsst alles verlieren. Euch muss man den Hintern so gründlich versohlen, dass ihr nie wieder Scheisse bauen könnt. Nach dem ersten Weltkrieg hat man gedacht, es reicht, eure Armee zu verbieten. Doch nach blossen zwanzig Jahren habt ihr wieder einen Krieg angefangen. Mit euch muss man anders umgehen. Entweder müsste euer ganzes Volk kastriert werden, doch da würde sich jedem der Magen umdrehen. Oder aber man muss euch so sehr mästen, dass ihr euch vor lauter Fett nicht mehr rühren könnt.»

Heydrich verfolgt mit den Augen jede von Péráks Bewegungen, verzieht aber keine Miene.

«Dazu werdet ihr Tschechen keine Gelegenheit mehr haben. Hitler will euch nämlich restlos ausmerzen. Wisst ihr eigentlich, warum er eurer lächerlichen Protektoratsarmee nicht gestattet, Hand in Hand mit dem Reich zu kämpfen? Er befürchtet, dass ihr zum Feind überlauft, so wie es im letzten Krieg die Legionäre getan haben. Nicht etwa, weil der Feind dadurch gestärkt wäre, vielmehr will er verhindern, dass auch nur eine Spur des genetischen Materials von euch Tschechen aus seinem tödlichen Griff entweicht ... Ich aber biete euch das Überleben an, ausserdem die Teilhabe an der Macht. Ich baue das Protektorat zur Zentrale des ganzen Reiches aus, zur Herrschaft der SS. Mit mir bekommen die besseren Tschechen die Chance, für das Reich zu kämpfen, die schlechteren werden zu Dienern.»

«Um eine solche Macht schere ich mich nicht», antwortet Pérák barsch, lässt aber die Streichhölzer in der Tasche verschwinden.

Heydrich setzt fort: «Suche es dir aus: Entweder Hoch sollst du leben mit mir oder kaputt mit Hitler.»

Pérák scheint bereits zu wanken: «Und wie willst du ihn verhaften? Er ist doch entweder in seinem Bunker Wolfsschanze verkrochen oder von seiner Garde umgeben.»

«Ich warte ab, bis er einmal allein ist. Am vierten Juni soll er mit Marschall Keitel und zwei Leibwächtern nach Finnland fliegen, um diesem alten Knacker Marschall Mannerheim zum Geburtstag zu gratulieren. Während er an der Rezeption wiehern wird, besetzt mein Kommando sein Flugzeug. Sobald er einsteigt, wird er verhaftet und bei der Gestapo hier in Prag eingeliefert, wo ich der absolute Herr bin.»

«Warum sollte ich dir glauben?», fragt Pérák.

«Warum sollte ich dich belügen?», entgegnet Heydrich frech und lächelt Pérák schief an. Der spielt unentschlossen mit dem Handschellenschlüssel in der Hand. Schliesslich wirft er ihn Heydrich in den Schoss und springt davon.

Heydrich befreit sich von der Fessel und holt das goldene, mit einem Schädel und SS-Runen verzierte Feuerzeug hervor. Seine mit Benzin vollgesaugte Uniform schmatzt dabei anstössig. Er schnippt gegen das Rädchen, doch das Feuerzeug will kein Feuer fangen. Heydrich lacht zynisch auf und steckt es zurück in die Tasche.

REICHSHERZ
Aus der geheimen Ansprache von Reinhard Heydrich an die nazistischen Machthaber im Protektorat Böhmen und Mähren am 2. Oktober 1941:
«(...) die Reichsführung erkannte, dass dieser Raum entscheidend ist, Böhmen und Mähren gleichzeitig ein Teil, ein schicksalhafter, entscheidender Anteil an positiver Planung der Geschichte. Es sind die Namen, die in der Ostkolonisation eine Rolle spielen. Ob König Ottokar letzten Endes in der Ostkolonisation als Stosstrupp gegen Osten bis Königsberg vorging und diese Stadt gründete, ob es die Zeit Karls IV. ist oder ob es die Kämpfe Friedrichs des Grossen sind oder der Kampf von Königgrätz oder ob es heute dann die unendlich geschichtliche und schicksalhafte entscheidende Führungsgewalt Adolf Hitlers ist, der in zwei Etappen diesen Raum nun endgültig gewinnt.»

Prager Altstadt im Sommer 1941 mit zweisprachigen Aufschriften auf Häuserfassaden und den Türmen der *Basilika St. Jakob* im Hintergrund.

25 Pérák kann sich nicht entscheiden, ob er Heydrich glauben oder ihn töten soll oder beides. Denkbare Szenarien ranken sich wie Bambussprossen durch seine Gedanken und drohen sein Gehirn in Stücke zu reissen. Aus purer Verzweiflung kommt er auf einen Sprung beim Grossvater Leopold vorbei, um sich Rat zu holen. Doch die Bienenstöcke am Waldrand sind umgeworfen und von Feuer versengt. Auf der Stelle, wo früher Leopolds Hütte war, steht jetzt ein luxuriöses Blockhaus im Alpenstil. Auf dem Giebel prangt in grossen Buchstaben die Aufschrift:
Die Schule des Heil-Grusses – Škola hajlování
Daneben blinkt eine aus Neonröhren angefertigte Figur, die im regelmässigen Rhythmus den Arm hebt und senkt.
Pérák schaut vorsichtig durchs Fenster hinein. In einem grossen Raum stehen zehn Schüler unterschiedlichen Geschlechts und Alters: Da sind drei Herren, die sich die richtige Seite nicht merken können. Auf dem linken Arm eines jeden von ihnen steht mit einem Kopierstift *Nein* aufgeschrieben, auf dem rechten *Jawohl*. Trotzdem sind sie sich unsicher und heben jedes Mal den linken Arm oder sogar beide Arme gleichzeitig. Des Weiteren ist eine Dame mit einem riesigen Busen da. Sobald sie den Arm zum Heil-Gruss erhebt, wälzt sich ihr Busen auf die entgegengesetzte Seite, was sie völlig aus dem Gleichgewicht bringt. Dann ein Herr Langsam, der für alles sehr lange braucht, so dass sein Arm blutleer wird, bevor er zu Ende gegrüsst hat, und auch Herr Steif, der den Heil-Hitler-Arm nicht durchstrecken kann und ihn zu einer Kralle verdreht. Dann ein pickliges Fräulein, das beim Heil-Gruss die Finger nicht beieinander halten kann und sie hysterisch spreizt. Weiter ein Herr, dessen Hand unbeherrschbar zittert sowie ein anderer Herr, dem es bei jedem Heil-Gruss im Rücken knackt, so dass er den Arm nicht mehr senken kann, und schliesslich eine Rothaarige, die vom Heil-Grüssen einen Schluckauf bekommt. Auf der Tafel ist mit Kreide die korrekte Körperhaltung beim Heil-Grüssen aufgemalt, und zwar von vorne und von der Seite, mit allen Muskeln, die an der Ausführung beteiligt sind. Neben der Tafel steht ein menschliches Skelett, das den Heil-Gruss vollführt, sowie ein Tischchen und darauf ein Grammophon mit Kurbel. In dem Gerät dreht sich eine Schallplatte, die vermutlich irgendeine Rede Dr. Goebbels wiedergibt, jedoch bereits so abgedroschen ist, dass man kein Wort mehr versteht, ausser einem donnerartigen *Heil Hitler!* am Satzende. Sobald die Grammophonnadel an diesem Platz ankommt, reisst sie ein am Tonarm befestigter Gummi einige Rillen zurück, womit ein stets sich wiederholender Heil-Gruss gesichert ist. Der Heil-Gruss-Meister, in Frack-Sakko und eine lederne Reithose gekleidet, macht den Gruss musterhaft vor, mit zusammengeschlagenen Hacken, dann steigt er vom Podest hinab und spaziert zwischen den Studenten. Verbessert da die Körperhaltung, verpasst dort eine Ohrfeige. Pérák klopft ans Fenster, der Heil-Gruss-Meister winkt ihm zu und kommt hinaus. «Was wünscht der Herr?»
«Hier hat Herr Leopold gewohnt. Er war ein Imker. Was ist mit ihm geschehen?» Der Heil-Gruss-Meister setzt eine traurige Miene auf. «Der alte Herr Leopold ist verstorben, tut mir leid. Einen Augenblick bitte …» Er läuft in den Saal zurück, fliegt wie ein grosser, böser Schmetterling zwischen den Studenten hin und

her, brüllt Herrn Steif zusammen, bis sich sein Arm noch mehr verformt, verteilt einige Ohrfeigen, macht dem weinenden Busenwunder den Büstenhalter zu und ist gleich wieder zurück. Als er bemerkt, wie Pérák ihn ansieht, lächelt er ihn freundlich an: «Denken Sie bitte nicht, dass ich ein Unmensch bin. Die da drin wollen es nicht anders.»

Pérák legt den Finger auf die Lippen: «Psst…»

Doch der Heil-Gruss-Meister flötet: «Keine Angst, die dort drin verstehen kein Wort Tschechisch. Es sind Deutsche. Die Tschechen benutzen den Heil-Gruss selten, und wenn doch, beherrschen sie ihn einwandfrei. Auch ich bin Tscheche. Und kein Nazi. Doch glauben Sie mir, diese Arbeit ernährt mich verdammt gut.»

Pérák bemüht sich, auf das eigentliche Thema zurück zu kommen: «Und der Herr...»

«Ja, der Herr Leopold, das ist eine sehr traurige Geschichte. Sein Bienenstock hat gerade geschwärmt, wissen Sie, da werden ja die Bienen ganz wild davon, und dann erlosch seine Rauchpfeife oder wie man das nennt, dieses Zeug, aus dem Rauch herauskommt. Nun ja, er hat sich nicht geschützt, hat nicht einmal eine Maske getragen, wollte einfach nicht glauben, dass seine Bienchen ihm etwas antun könnten. Er hat tausende Stiche abbekommen, ich sag's Ihnen, als man ihn gefunden hat, war er angeschwollen wie unter der Lupe. Erben hatte er keine und so habe ich es hier gekauft und dieses Unternehmen gegründet. Aber jetzt entschuldigen Sie mich bitte, die Studenten warten.»

Der Heil-Gruss-Meister schüttelt dem verdutzten Pérák die Hand und läuft zurück in die Klasse, um eine neue Ladung Gebrüll, Beschimpfungen und Ohrfeigen auszuteilen. Pérák lungert noch eine Weile bei den Bienenstöcken herum, dann nimmt er Anlauf und springt in Richtung Prag. Unterwegs landet er auf einer Lichtung irgendwo mitten im Wald, hält inne, weil etwa zehn Schritte vor ihm ein wunderschöner, stattlicher Hirsch steht. Der Widerstandskämpfer und der Hirsch blicken sich gegenseitig lange in die Augen, keiner der beiden rührt sich. Dann aber beginnt es zu regnen und ein Blitz schlägt dem Hirsch ins Geweih. Pérák kehrt nach Hause zurück – mit einer Hirschhaxe über der Schulter.

Jnazt noch beffer

Trommler

3 1/3

in der Chromoschutz-Packung

Ankunft der deutschen Besatzer in Prag am 15. März 1939.

26 Nach langem Überlegen vertraut Pérák Jitka seinen Plan an: «Ich habe mich entschieden, Heydrich zu glauben. Ich lasse ihn am Leben, damit er Hitler stürzen kann.» Jitka antwortet ihm: «Da solltest du dich aber beeilen, genau in einer Stunde werden die Fallschirmjäger einen Anschlag auf ihn verüben.»

Pérák springt vom Bett auf und zieht sich rasend schnell an: «Du wirst hier auf mich warten, versprochen?»

Jitka verspricht ihm, nirgendwo hinzugehen und Pérák saust davon.

Doch bald wird es ihr langweilig. Sie versucht ein Buch zu lesen, wirft es aber gleich weg. Tanzt ausgefallene Tänze mit sich selbst. Bekommt Lust auf Kaffee, doch die Dose ist leer. Und Pérák kommt nicht zurück. Jitka weiss, dass man Versprechen halten soll, schliesslich wirft sie aber aufmüpfig den Kopf zurück, zieht den Mantel an und holt aus dem Schränkchen Gummi-Saugknöpfe heraus. So ausgerüstet klettert sie über die Kugel des Gasbehälters hinunter und steuert das nächstbeste Café an.

Der Kellner hat keinen echten Kaffee anzubieten, dafür aber Kokain, und als Jitka ablehnt, bietet er zumindest pornografische Bilder an. Jitka schüttelt den Kopf, ihr Blick bleibt aber an den Schamlosigkeiten hängen, ganz kurz nur, doch das reicht aus, um in dem rosafarbigen Gewirr ein Stück Pérák zu erkennen.

«Zeigen Sie her, guter Mann, ich werde den Schweinekram doch nehmen.» Sie steckt dem Kerl eine Handvoll Banknoten zu und setzt sich mit den Bildern an den Tisch. Riesige Tränen kullern über ihre Wangen. Nach einer Weile beruhigt sie sich, holt einen kleinen, runden Spiegel hervor und pudert sich die Nase.

Aus einer Kurve in Prag-*Kobylisy* taucht ein schwarzer Mercedes auf. Als der Fallschirmjäger Valčík ihn sieht, schickt er sofort ein Zeichen mit einem Spiegel. Heydrich sitzt vorne neben dem Fahrer Klein, beide haben es sich bequem gemacht und die Jacken ihrer Uniformen auf den Rücksitz geschmissen.

Der Kellner bringt Jitka ein Schnapsglas Rum, sie wirft den Inhalt mit einer einzigen fliessenden Bewegung in sich hinein und stellt das Glas zurück aufs Tablett.

Gabčík holt aus seiner Aktentasche die mit Heu abgedeckte Maschinenpistole *Sten* hervor und zieht den Verschluss auf. Er läuft auf die Strasse vor das heranfahrende Cabriolet, zielt auf Heydrich, drückt auf den Auslöser – und nichts. Im Verschluss hat sich ein Stück Heu verfangen. Gabčík rüttelt verzweifelt daran, wieder und wieder.

Jitka würgt ein weiteres Schnapsglas Rum in sich hinein.
«Halt!», schreit Heydrich dem Fahrer ins Ohr. Mit quietschenden Bremsen kommt der Mercedes unmittelbar vor Gabčík zum Ste-

> **MERCEDES**
> Das arischste der arischen Automobile. Hitler und alle Machthaber des Dritten Reiches fuhren im Mercedes. Im Mercedes fuhr die Gestapo. Die Nazis würden sicher darüber staunen, dass die Namensgeberin ihrer geliebten Automarke eine Jüdin mit tschechischen Wurzeln war. Nämlich die schöne Adrienne Manuela Ramona Jellinek, zärtlich *Mercédès* genannt (16. September 1889 in Wien bis 23. Februar 1929 in Wien). Ihr Vater Emil Jellinek, österreichisch-ungarischer Konsul in Frankreich und Autohändler, benannte im Jahre 1899 einen Wagen der Firma Daimler nach ihr und der neue Name hat sich eingebürgert.

PARABELLUM
Die *P08*, die legendäre Pistole des Konstrukteurs Georg Luger, genannt *Parabellum*. Der Beiname kommt aus dem Lateinischen *si vis pacem para bellum*, das heisst *Wenn du Frieden willst, rüste zum Krieg*, übrigens eine schöne Parabel der nazistischen Denkweise. Der weise Satz stammt aus der Schrift *Epitoma rei Militaris (Abriss über das Militärwesen)* von Renatus Flavius Vegetius.

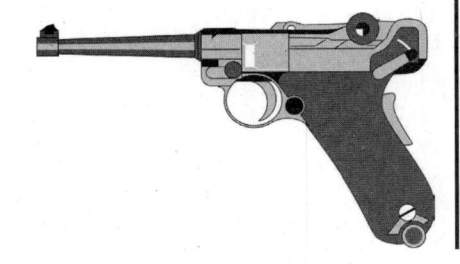

SHURIKEN
Eine aus Japan stammende Wurfwaffe. Sie besteht aus spitz geschliffenen Stahlklingen, die kreuz- oder sternförmig angeordnet sind. *Shuriken* können auf zweierlei Weise auf den Gegner geworfen werden – entweder geradeaus als Stichwaffe oder rotierend als Schnittwaffe. Um die Wirkung zu erhöhen, werden *Shuriken* mit Gift oder Krankheitserregern getränkt, sie können sogar hohl und mit Sprengstoff gefüllt sein, der beim Aufprall explodiert. Während des Zweiten Weltkrieges waren japanische Späher mit *Shuriken* ausgestattet, in denen durch Rotation elektrische Ladung erzeugt wurde, die nach einem Treffer den Gegner lähmte.

hen, das Abzeichen auf dem Kühler klirrt sanft gegen die Maschinenpistole. Heydrich holt seine *Parabellum*-Pistole aus dem Holster und geniesst den Cognac des Grauens in Gabčíks Augen. Da wirft aber der hinter einer Ecke versteckte Kubiš eine Bombe. Zwar trifft er nur das Hinterrad, der Plastiksprengstoff verrichtet dennoch gute Arbeit. Die Explosion schubst den schweren Wagen in den Strassengraben und zerschlägt die Fenster einer aus der entgegengesetzten Richtung kommenden Strassenbahn. Die SS-Jacken fliegen hinauf auf den Draht der Oberleitung. Die Strassenbahn hält abrupt an. Als der Rauch sich aufgelöst hat, sieht Heydrich aus als wäre er einer Groteske entsprungen: sein Gesicht ist rauchgeschwärzt, es raucht aus seinen Ohren, ansonsten aber scheint er unverletzt. Kubiš hingegen bekam ein paar Scherben ins Gesicht, das nun voller Blut ist.

Jitka wirft einige Banknoten auf den Tisch und verlässt die Bar.

Gabčík gelingt es endlich, das Heu aus dem Waffenverschluss herauszuziehen und seine *Sten*-Gun legt ratternd los. Da springt Pérák in die Szene und mit einer Handbewegung schneidet er das Patronenmagazin von der Maschinenpistole ab. Er packt Gabčík unterm Hals und zieht ihn zu sich heran, dabei flüstert er ihm nachdrücklich ins Ohr: «Lasst Heydrich in Ruhe.»
«Du hältst es mit einem Nazi?», erwidert der Fallschirmjäger feindselig.
«Du bist nichts weiter als eine kleine Figur. Vom Feind siehst du nur die vorderste Reihe. Diese Partie hier aber begreift nur derjenige Spieler, der das ganze Schachbrett überblickt. Ich will euch nichts antun, ich kämpfe an eurer Seite. Lauft weg, ich werde euch decken. Aber Heydrich muss leben.»
Aús dem Augenwinkel bemerkt Pérák, dass Klein auf Kubiš zielt. Er sieht sich nach etwas Passendem um, dann reisst er aus dem Ring auf dem Mercedes-Kühler den dreizackigen Stern heraus und wirft ihn wie einen *Shuriken*. Die Spitze hakt sich in Kleins Hand ein, der schreit auf und lässt die Waffe fallen.
Kubiš kommt endlich zu sich, schwingt sich aufs Fahrrad, schlägt sich mit der Luftpumpe einen Weg durch die Ansammlung der Gaffer und verschwindet. Auch Gabčík will sich davonmachen, nur ist Heydrich inzwischen zu sich gekommen und fängt an, nach ihm zu schiessen. Gabčík duckt sich hinter einer Säule.
Pérák weiss nicht, wohin zuerst springen. Er verpasst Heydrich eine derartige Ohrfeige, dass der Reichsprotektor erst an dem Geländer am Strassenrand zum Stehen kommt. Gabčík nutzt die Situation und läuft bergauf davon.
Pérák hält den ersten vorbeifahrenden Wagen an. Es ist ein scheppernder Lastwagen, vollgeladen mit Schuhwichse. Der blutende Heydrich wälzt sich vor Schmerz in den Dosen und ist bald voller Wichse. Der Wagen hat jedoch eine Reifenpanne und Pérák lädt den Verletzten auf einen anderen Lastwagen um, der voller Hennen ist. Als sie endlich in der Prager Klinik *Na Bulovce* ankommen, sieht Heydrich aus, als ob man ihn gelyncht hätte. Auch ohne Uniform ist er ganz schwarz, dazu noch mit Federn bedeckt. Pérák macht sich auf leisen Sohlen davon.

Sobald Heydrichs Identität festgestellt wurde, besetzt eine SS-Einheit das Krankenhaus. Alle anderen Patienten werden weggebracht, die Fenster zum Schutz vor Heckenschützen mit weisser Farbe bestrichen, auf dem Dach werden Maschinengewehre platziert. Eine Welle der Angst wälzt sich durch das Protektorat.

DAS PROTEKTORAT
Während der sechsjährigen Besatzung ermordeten die Deutschen an die 70'000 Tschechen. Leider kamen vor allem die Besten um, die Unbeugsamen, die den Willen und den Mut hatten zu kämpfen, um beim Nazi-Jargon zu bleiben, die eigentliche *Herrenrasse*. Diese Elite entwickelte sich nicht erst auf der grünen Wiese der Ersten Tschechoslowakischen Republik, das Volk hat sie seit Jahrtausenden sorgfältig kultiviert. Und genauso lange wird es dauern, bis dieser Verlust voll ersetzt werden kann. Allein deswegen, weil diese Menschen (und ihre Nachkommen) fehlten, kam es zur politischen Tragödie des Jahres 1948.

Ein Strassenbild aus dem Prag des Protektorats mit einem Polizisten, der den Verkehr regelt.

27 Der todmüde Pérák kehrt in sein Nest zurück, doch anstatt offener Arme findet er nur die Nachricht *Zwischen uns ist eine Frau und mit uns ist Schluss*, gekritzelt auf die Rückseite einer Fotografie, die ihn in einer heiklen Stellung mit der Walküre zeigt. Als er das Bild zerreissen will, schneidet er sich noch am Papier in den Finger, reibt sich dann müde die Stirn und beschmiert sich mit Blut.

Vor der Tür zu Heydrichs Krankenzimmer stehen zwei Mann Wache in Habachtstellung. Auf dem Krankenhausflur nähert sich ihnen ein leicht gebückter Arzt in einem unappetitlich dreckigen, (einst vermutlich) weissen Kittel. Sein Gesicht erscheint auf eine merkwürdige Weise ausdruckslos, es ähnelt eher einer Maske, die bereits etliche Gesichter verdeckt hatte. «Ich bin des Führers Leibarzt, Morell. Doktor Theodor Morell. Ich soll den Obergruppenführer Heydrich untersuchen. Hier ist der vom Führer persönlich unterzeichnete Befehl.»
Die Wachen prüfen das Dokument misstrauisch, schliesslich aber lassen sie Morell ins Zimmer hinein.
Der verbundene Heydrich sitzt auf dem Bett, nascht reinen Spiritus aus einem Labor-Becherglas und schaut zufrieden drein.
«Servus, Morell. Wie geht es dem Führer?»
«Danke für die Nachfrage, Reinhard. Er beschwert sich über einen Tick.»
Während des Gesprächs öffnet Morell das lederne Arztköfferchen, holt eine Spritze und eine Glasampulle heraus, setzt die Nadel auf, bricht das Ampullenköpfchen ab und saugt klare Flüssigkeit in die Spritze. Dann ertastet er gekonnt eine Vene an Heydrichs Unterarm und sticht zu. Das Werkzeug verstaut er wieder sorgfältig ins Köfferchen und ist im Begriff zu gehen.
«War das alles?», wundert sich Heydrich. Morell wirft einen Blick auf die Uhr. «Ich bin ein vielbeschäftigter Mann, Herr Obergruppenführer. Andererseits – es gehört zu den moralischen Pflichten eines Mörders, sich mit dem Opfer zu unterhalten, falls es dessen letzter Wunsch ist. Ist es Ihr letzter Wunsch?»
«Was reden Sie da für ein albernes Zeug, Sie Idiot?»
«Die Spritze enthielt einen Stamm tödlicher Bakterien. Bald geht es los mit Fieber, Brustfellentzündung, Blutvergiftung. Sie werden schwarz und sterben spätestens in drei Tagen, die Ärzte werden hilflos sein. Dann freilich wird Ihnen ein Staatsbegräbnis zuteil.»
Heydrich überlegt kurz. «Morell, haben Sie schon einmal darüber nachgedacht, Ihren Arbeitgeber zu wechseln? Ich biete Ihnen ein höheres Gehalt an.»
Morell feixt: «Das können Sie vergessen, Heydrich. Sie sind nur noch ein pures Überbleibsel. Warum? Weil Sie an die Grösse glauben. Daran, dass die grösseren Kanonen, Panzer, Armeen, die grösseren Grossreiche gewinnen werden. Allein, je grösser etwas ist, desto leichter kann es getroffen werden. Wenn Sie eine Flinte von ausreichender Grösse besitzen, können Sie damit möglicherweise Millionen Menschen erschiessen, doch womit erschiessen Sie ein Bakterium? Ich glaube an die Kleinheit.»
Er holt ein Fläschchen mit einem weissen Pulver aus seinem Köfferchen und schüttelt es vor Heydrichs Nase. «Das hier ist ein völlig neues Medikament, es hat noch nicht einmal einen Namen.

Eine einzige Prise davon kann die meisten tödlichen Krankheiten heilen, ja, sogar die Ihre. Es wirkt so, dass es im Körper eines Kranken alle Bakterien vernichtet ... bis auf eine kleine Gruppe der widerstandsfähigsten. Die vermehren sich nach einer gewissen Zeit und die Krankheit bricht erneut aus, zur Heilung wird dann jedoch eine grössere Menge des Medikaments benötigt. Und so weiter, verstehen Sie? In ein paar Jahren gibt es kein Entkommen mehr. Die Menschheit wird abhängig von meinem Medikament, sein Verbrauch wird stetig steigen, das Medikament wird aber so günstig bleiben, dass es sich nicht lohnen wird, nach einer Alternative zu suchen. Nur eine Handvoll Eingeweihte – Ärzte und Pharmaproduzenten – werden das Medikament selbst nie einnehmen. Und so werden wir eine höhere Rasse schaffen. Nicht etwa dadurch, dass wir zu Übermenschen werden würden, wir werden schlicht deswegen zu Übermenschen, weil wir alle anderen degenerieren lassen!»

Nach und nach legt sich Doktor Morells Ekstase, in die er während seines Vortrags geriet. Dann kramt er in seiner Tasche und gibt Heydrich eine weitere Spritze.

«Und was war wiederum dieses?», interessiert sich der im Bett Liegende sarkastisch. «Frosch-Schleim? Fledermaus-Tränen?»

Morell schaut ihn mitleidsvoll an: «Ach was, nur ein paar Tropfen Ihres neuen Gottes. Sie werden von nun an oft zu ihm beten. Sein Name ist *Morphium*.»

72 výrobků
nese jméno PHILIPS do celého světa

Jaké představy ve Vás budí jméno PHILIPS? Rozhlas.., žárovky a víc už nic? Pohlédněte jen na »rodokmen« PHILIPS. Naleznete v něm 72 rozmanitých výrobků ze všech oborů elektrotechnického průmyslu. Avšak PHILIPS není pouze výrobcem. — Mnohé z výrobků PHILIPS vděčí za svůj vznik světovým laboratořím PHILIPS a mnoho jiných teprve v nich dosáhlo vysokého stupně své dnešní dokonalosti. Závody PHILIPS prosluly jedním z největších pionýrských činů na poli krátkovlnné radiotechniky. Byly to závody PHILIPS, které vybudovaly dálková radiotelefonická spojení mezi světadíly. Byly to závody PHILIPS, které prozkoumaly odlišné podmínky krátkovlnného příjmu na rozličných místech a které první vytvořily vyhovující přístroje. Není obtíží v radiotechnice, které by závody PHILIPS nepřekonaly.

PHILIPS

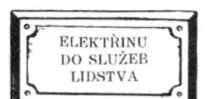

ELEKTŘINU DO SLUŽEB LIDSTVA

NA CELÉM SVĚTĚ JE TENTO ZNAK ZÁRUKOU VRCHOLNÉ JAKOSTI

Die Prager auf dem *Platz der Republik* zu Beginn der deutschen Besatzung. Auf der Hausfassade ist die Aufschrift *In Prag wird links gefahren!* zu lesen.

28 In einem billigen Kino in einer Prager Vorstadt fängt eben eine Wochenschau an: Auf der Leinwand erscheint ein Mohnfeld, das sich in

frischer Brise wiegt. Die faltige Hand eines Bauern umklammert eine unreife Mohnsamenkapsel, die mit einem kleinen Messer geschickt angeschnitten wird. Daraus fliesst dickflüssiger Milchsaft in ein angebundenes Körbchen. Im Labor verarbeiten weisse Kittel den Milchsaft zu Morphium. Ein verletzter Soldat an der Front bekommt es gespritzt und grinst dämlich in die Kamera. Ein Lautsprecher verkündet dazu:

«Tschechische Landwirte, baut Mohn an! Je mehr Mohn, desto mehr Medizin. Mohn in die Buchteln oder auf Kuchen zu klatschen ist von Gestern. Das Morphium aus dem Mohn hilft den tapferen deutschen Soldaten die Bolschewiken zu besiegen. Und deshalb: Es soll Mohn wie Heu geben. Nicht ein Körnchen Mohn darf vergeudet werden!»

In den Kinositz versunken folgt der stockbetrunkene Pérák mit wachsendem Unwillen der Propaganda. Schliesslich steht er auf, wankt, schwenkt den Arm, setzt sich wieder hin und nimmt einen tüchtigen Schluck aus der Schnapsflasche.
Eine Reihe weiter oben beissen sich Verliebte gegenseitig durch die Köpfe hindurch.
Die alte Platzanweiserin verkauft Eis am Stiel.

Das Krankenhaus *Na Bulovce* **im Jahr 1942, als dort Reinhard Heydrich starb.**

29

Himmler selbst betritt das Zimmer. Am Bett entrichtet er den Heil-Gruss. Heydrich hat hohes Fieber und ist bis über beide Ohren mit Morphium vollgepumpt. Auch er versucht sich am Heil-Gruss, doch sein Arm hebt sich nur um einige Zentimeter, er guckt den Arm an, kichert blöde und meint zu Himmler: «Weggeflogen!» Himmler ist bemüht, wohlwollend zu wirken. «Sie brauchen Erheiterung, mein Freund. Ich erzähle Ihnen einen ausgezeichneten jüdischen-Witz: *Es trifft der Kohn den Abeles auf dem Bahnhof. Sagt der Kohn: Wo geht's hin, Abeles? Nach Auschwitz, antwortet der. Daraufhin Kohn aufgeregt: Sie sagen mir, dass Sie nach Auschwitz fahren, damit ich denke, Sie fahren nach Buchenwald. Aber ich weiss zufällig, dass Sie tatsächlich nach Auschwitz fahren. Warum lügen Sie mich also an?*», er lacht wiehernd über sich selbst, doch Heydrich ist völlig neben der Spur. Himmler schaut den Kranken schief an und versucht den Ekel zu unterdrücken, der angesichts seiner Schwäche in ihm aufsteigt. Schliesslich wirft er eine Tüte Orangen auf die Bettdecke und schickt sich an zu gehen. Auf einmal reisst sich Heydrich mit Willenskraft aus dem Fieberwahn und ruft Himmler mit einer beinah normal klingenden Stimme zurück: «Kommen Sie her, Heinrich. Setzen Sie sich hin.»

Himmler setzt sich gehorsam aufs Bett.

«Ich werde Ihnen eine Opernarie vorsingen. Die Oper heisst *Amen* und mein Vater hat sie komponiert. Sie war einst sehr erfolgreich. Seinerzeit.»

Heydrich räuspert sich und fängt mit zittriger Stimme zu singen an:

Ein Leierkasten ist die Welt,
der Herrgott an der Kurbel dreht.
Die Melodie ist vorgegeben,
in die Walze eingegeben.
Und wie diese sich bewegt
leiert das Lied unentwegt.
Nach seinen stets gleichen Noten
tanzen die Lebenden, tanzen die Toten.

Himmler rennt aus dem Krankenhaus und hält sich die Ohren zu, doch innen in seinem Kopf spult sich das Lied immer wieder ab:

… Nach seinen stets gleichen Noten
tanzen die Lebenden, tanzen die Toten!

OPERATION ANTHROPOID
DAS ATTENTAT AUF REINHARD HEYDRICH

Nach der deutschen Besetzung erhob sich in den tschechischen Ländern eine derart starke Welle des Widerstands, dass sich Hitler gezwungen sah, mit der Leitung des Protektorats Böhmen und Mähren Reinhard Heydrich zu beauftragen, den Chef des Reichssicherheitshauptamtes und den schlimmsten Mörder des Dritten Reichs. Unmittelbar nach seiner Ankunft in Prag fing Heydrich an, massenhaft tschechische Patrioten hinzurichten sowie die *Endlösung der tschechischen Frage*, also die totale Vernichtung des tschechischen Volkes, zu planen. Am 29. Dezember 1941 landeten Fallschirmspringer der tschechoslowakischen Exilarmee in England, Jozef Gabčík und Jan Kubiš, auf dem Gebiet des Protektorats und führten am 27. Mai 1942 ein Attentat auf Heydrich aus.

Heydrich war gerade gemeinsam mit seinem Leibwächter Klein in einem Mercedes-Cabriolet zur *Prager Burg* unterwegs. In einer Kurve warf Kubiš eine Bombe nach ihm, die jedoch neben dem Fahrzeug explodierte, so dass Heydrich lediglich von Splittern der Karosserie verletzt wurde. Gabčík wollte ihm dann mit einer Maschinenpistole den Rest geben, doch die Waffe klemmte. Zunächst schien es, dass Heydrich seine Verletzung überleben würde, doch er starb am 4. Juni im Prager Krankenhaus *Na Bulovce*. Beide Angreifer flüchteten und versteckten sich später zusammen mit anderen Fallschirmjägern in der Krypta der *St. Cyrill-und-Method-Kirche* in der Prager Neustadt. Sie wurden verraten und von der Gestapo umzingelt. Nach einer heldenhaften Gegenwehr begingen sie mit ihren letzten Kugeln Selbstmord. Als Racheakt entfesselten die deutschen Besatzer wahnsinnige Folter- und Hinrichtungsorgien. Unter anderem haben sie zwei ganze Dörfer niedergemetzelt und in Brand gesteckt – *Lidice* und *Ležáky*. Das tschechische Volk jedoch hat überlebt, so dass sich dieses Attentat trotz allen Leids und Blutvergiessens reichlich gelohnt hat.

Der südliche Eingang in den *Veitsdom*, das Goldene Tor, ist mit einem gotischen Mosaik mit dem Motiv des Jüngsten Gerichts geschmückt.

30 In die Pathologie *Na Bulovce* kommt Hermann Göring persönlich angeschnauft. Der Angestellte schiebt ein Fahrgestell aus dem Kühlraum, deckt das Bettlaken auf und geht taktvoll beiseite. Der Reichsmarschall neigt sich ergriffen über Heydrichs Leiche. Auf seine Stirn streut er eine Linie Kokain und schnupft sie in einem Zug.

Begleitet von Marschall Keitel besucht Adolf Hitler im verbrüderten Finnland Marschall Mannerheim, um ihm zum 75. Geburtstag zu gratulieren. Der Führer schneidet eigenhändig eine Torte auf und bringt über einem Glas Mineralwasser einen herzlichen Trinkspruch aus: «Lieber Kamerad Karl Gustav Emil! Als in eure schöne sumpfige Heimat die bolschewistischen Horden einfielen, ahnte die Plutokratie nicht, dass du sie bald im Schweinsgalopp fortjagen würdest …»

Jitka steht am Ofen, mit der Handfläche schützt sie ihr Gesicht vor der Glut, dabei beobachtet sie aufmerksam den Glasmeister, der mit Blasrohr und Zange aus der glühenden Masse etwas herstellt. Der arme Handwerker ist bereits ganz verschwitzt, doch muss er immer wieder etwas umarbeiten, an etwas feilen, bis die junge Frau endlich zufrieden und das Werk fertig ist. Als das *Etwas* schliesslich auskühlt, sind es zwei niedliche Spritzpistolen geworden. Eine gläserner als die andere.

I Er zeigt kein Lebenszeichen mehr…

Reinhard Heydrich im Gespräch mit K. H. Frank, einem hohen nazistischen Funktionär im Protektorat Böhmen und Mähren, der die Racheakte an tschechischer Bevölkerung nach dem Attentat auf Heydrich verantwortete.

31

Über die ganze Titelseite der Zeitung breitet sich ein schwarz eingerahmtes Porträt Heydrichs aus. Tiersch lacht auf, wirft die Zeitung auf den Boden und kriecht aus dem Bett. Sie schlüpft in den Morgenmantel und überprüft, ob sie für das Begräbnis alles parat hat: Die festliche Fliegeruniform ist gebügelt, alle Abzeichen ordentlich angeheftet...

Auf einmal schlägt sie sich auf die Stirn: «Ich habe vergessen den Trauerkranz zu bestellen. Was für ein Malheur!» Da ertönt die Klingel. Tiersch schaut durch den Türspion und erblickt den vermissten Kranz. Sie macht auf und sieht sich selbst den Kranz halten. Während Tiersch fassungslos gafft, lächelt Jitka ihre Doppelgängerin liebenswürdig an und schläfert sie mit einem präzisen Kinnhaken ein. Dann wirft sie den eisernen Boxhandschuh weg und fesselt die reglose Pilotin an den Heizkörper. Auch den Knebel vergisst sie nicht. Dann zieht sie Tierschs Paradeuniform an, die Medaillen scheppern vergnügt. An den Trauerkranz befestigt sie ein schwarzes Band mit einer goldenen Aufschrift: *Ihrem Kameraden Reinhard Heydrich, die stets ergebene Hanna Tiersch.*

Aus dem gepolsterten Köfferchen holt sie vorsichtig zwei gläserne Spritzpistolen, die eine füllt sie mit einer roten, die andere mit einer grünen Flüssigkeit. Beide versteckt sie in einem Hohlraum im Kranz.

Der *Wladislaw*-Saal ist als Heydrichs Trauerkammer prachtvoll geschmückt. Sechs vergoldete Statuen geflügelter Walküren in Lebensgrösse tragen auf ihren Schultern ein Wikingerboot, auf dem Heydrich in Paradeuniform gebettet ist, auf seiner Brust glitzern das Gold und die Brillanten der Medaillen, seine blassen Hände umklammern das Ordensschwert der SS. Unter dem Toten stehen in tiefer Andacht Heinrich Himmler, Kurt Daluege und K. H. Frank. Im Hintergrund zappelt die Protektoratsregierung mit Emil Hácha an der Spitze, ihre Fräcke vor Angst erstarrt. Überall lodern Fackeln. Keine Musik, nur ein düsteres Brummen und Dröhnen. Das erstere bringen tibetische Mönche hervor, indem sie an Metallschalen reiben, die vom eingeschenkten Blut gestimmt werden. Das zweite deutsche Trommler, die anstatt von Stöcken mit menschlichen Schenkelknochen riesige Trommeln schlagen. Vor dem Saaleingang ist ein tragbares Röntgengerät aufgestellt, dessen Strahlen jeden Ankömmling durchleuchten, um etwaige Waffen aufzudecken. Das Gerät ist so hoch, dass es auch einen hochgestreckten Arm aufnimmt. Auf dem Bildschirm sehen Angestellte eine unendliche Reihe von Skeletten den Heil-Gruss vollführen. Deswegen schaffte sich Jitka Glaspistolen an – ein Röntgengerät kann Glas nämlich nicht aufdecken. Die rote hat sie mit Nitroglycerin befüllt, in der grünen plätschert Königssäure. Jitka passiert unversehrt den Kontrollposten, am Katafalk legt sie den Kranz ab, zückt die Waffen daraus und feuert beidhändig auf Himmler. Sofort decken ihn die Leibwächter mit ihren eigenen Körpern, dem ersten reisst das explodierende Nitroglycerin den Kopf ab, dem zweiten brennt die Säure ein Loch in den Brustkorb. Ein heilloses Durcheinander bricht aus. Jitka feuert rasend in alle Richtungen. Die verätzten und zerfetzten Besatzer fallen wie reife Pflaumen. Fluche und Glieder wirbeln durch die Luft. Schliesslich aber sind beide Pistolen leer, die Wachen werfen Jitka nieder, fesseln sie, schlagen sie und schleppen sie ab.

HEYDRICHS MEDAILLEN
- Deutscher Orden der NSDAP (posthum)
- Goldenes Parteiabzeichen der NSDAP
- Ehrendegen Reichsführer SS
- SS-Ehrenring
- Medaille zur Erinnerung an den 9. November 1923
- Danziger Kreuz 1. Klasse
- Medaille zur Erinnerung an den 1. Oktober 1938 mit der Spange Prager Burg
- Medaille zur Erinnerung an den 13. März 1938
- Frontflugspange in Silber
- Eisernes Kreuz II. und I. Klasse

... keine schlechte Sammlung, nicht wahr, doch was war sie gegenüber der von Hermann Göring. Dieser besass sogar Gummimedaillen für die Badewanne!

Die *Sala Terrena* im Garten des *Palais Wallenstein* auf der Kleinseite in Prag.

32
Pérák ist nach der Zechtour zerknittert, unrasiert, niedergeschlagen. Melancholisch wirft er einer Ente im kleinen See in der Ecke des *Wallenstein*-Gartens Brotkrümel hin. Auf einmal gurgelt es in der Tiefe, ein lautes *Plop!* ist zu hören und die Ente verschwindet, womöglich in den Eingeweiden eines hundertjährigen Welsen. Gott weiss, was hier aus früheren Zeiten alles überlebt hat.
Der lustlose Pérák steht auf und wankt auf einem schmalen Steg weiter in den Garten hinein. Als er am künstlichen Felsen ankommt, geht eine kleine Eisentür auf und ein muskulöser Arm zieht ihn in die Dunkelheit.
Innen ist der Felsen hohl und unerwartet geräumig. Es herrscht ein reges Treiben hier drinnen, Widerstandskämpfer klettern auf hohen Leitern rauf und runter, alle haben ein Ziel vor Augen, jeder erfüllt eine Aufgabe. Massive Stahltrichter, auf den *Hradschin* gerichtet, hören den Sitz des Reichsprotektors ab. Die glühenden Lampen der Funksender verströmen einen beissenden Ozongeruch. Angeleitet von einem bebrillten Ingenieur baut ein Montage-Team einen Panzer aus den Teilen des Merkur-Baukastens zusammen. Die Wache führt Pérák in einen kleinen Raum mit Fenster, das eine wunderbare Aussicht auf die Sala Terrena bietet. Am Fenster sitzt Professor Kadlub und mustert Pérák mit finsterer Miene: «Gut stehen!» bellt er ihn an.
«Gut stehen,» beantwortet Pérák kraftlos den Widerstandsgruss. «Es tut mir leid, dass Sie mich in diesem Zustand vorfinden, aber ohne Jitka kann ich mich zu nichts aufraffen …»
«Zum Aufraffen haben Sie genau eine Stunde Zeit. Jitka wurde von der Gestapo verhaftet, die dabei ist, sie hinzurichten. Wir werden einen Gebäudeplan und die nötige Ausrüstung für Sie bereiten. Der Rest ist Ihre Sache.»
Péráks Wangen bekommen wieder Farbe: «Wo gibt es hier eine Dusche?»

Das *Palais Petschek* zur Zeit des Zweiten Weltkriegs. Das Gebäude im Stil des Neoklassizismus diente damals als Sitz der Gestapo im Protektorat Böhmen und Mähren. Tausende Tschechen wurden dort verhört und gefoltert.

33 Die Wände der Folterkammer im Untergeschoss des *Palais Petschek* sind mit Schreien vollgesogen und die Seelen der zu Tode Gefolterten

haben sich tief in sie hineingefressen. Erst an einem Ort wie diesem erkennt der Mensch sich selbst. Hier erfährt er endlich, ob er als Held früher oder als Feigling später sterben wird. Hier wird der Schmerz, zum Schutz der Menschheit erschaffen, von Menschen gegen Menschen gewendet.

Jitka sieht gequält aus, gebrochen ist sie aber nicht. Man hat ihr eine Sadomaso-Variation der Gefängnistracht angezogen – zwar schwarz-weiss gestreift, doch aus feinstem Leder genäht und enganliegend, so dass ihre üppigen Reize besonders hervortreten. Sie liegt da, mit Riemen an eine glatte Edelstahlplatte gefesselt. Dicht vor ihrem Mund hängt ein Mikrofon am Draht. Um sie herum stehen riesige Lautsprecher, direkt auf sie gerichtet. Die Walküre neigt sich zu Jitka und flüstert ihr ins Ohr: «Siehst du das Mikrofon, Liebling? Es ist ein sehr empfindliches Gerät. Gleich verbinde ich es mit dem Verstärker und weiter mit den Boxen, die herumstehen. Sobald du etwas sagst oder auch nur seufzst oder stöhnst, werden die Lautsprecher das Geräusch tausendfach verstärkt wiedergeben. Und je mehr du sie anschreist, umso mehr werden sie zurückschreien. Wie lange verkraftest du es, völlig still zu halten? Eine Stunde vielleicht, aber dann wird es schon schnell gehen. Schliesslich wird dich dein eigenes Gebrüll in Stücke reissen. Wie Schade um diesen prächtigen Körper ... Nun also zum letzten Mal: Wirst du mit uns zusammenarbeiten?»

Jitka schüttelt den Kopf. Die Walküre gibt ihr einen langen, leidenschaftlichen Kuss, vergeblich versucht sie dabei, die fest verschlossenen Lippen mit der Zunge aufzubrechen. Dann geht sie beiseite und drückt den Schalter. Die Augen der Lautsprecher-Röhre glühen bedrohlich auf.

Mit Entsetzen starrt Jitka die Mäuler der Lautsprecher an, die es nicht erwarten können, sie beim Wort zu nehmen.

Der obere Teil des Prager *Wenzelsplatzes* mit dem Denkmal des heiligen Wenzels, bombardiert von den Deutschen im Jahr 1945.

34

Die deutschen Besatzer rechnen damit, dass Pérák versuchen wird, seine Geliebte zu befreien. Und sie dachten sich auch, dass er die Sache von oben angehen würde. Also bereiteten sie ihm eine Falle: Aufs Dach des *Palais Petschek* schleppten sie die in Teile zerlegte Flugabwehrkanone *Flak-Vierling* hinauf und montierten sie zwischen den Schornsteinen zusammen. Falls das nicht reichen sollte, lauert hinter der Dachbodentür ein ganzer Trupp bis an die Zähne bewaffneter SS-Männer.

Unser Held jedoch ist nicht von gestern und steigt direkt von der Sonne herab, so dass ihn die geblendeten Wachen zu spät erblicken. Bevor sie es geschafft haben, die Kanone in Gang zu setzen, springt Pérák genau in die schmale Lücke zwischen den Gewehrläufen, so dass die Schüsse unbeschadet an ihm vorbeizischen. Dann verschiebt er den Schwerpunkt der Viererkanone und tanzt wie ein junger Gott zwischen den glühenden Gewehrläufen. Der feuernde *Flak-Vierling* torkelt wie besoffen auf dem Ständer hin und her, bis alle Wachen auf dem Dach erlegt sind, mitsamt der Verstärkung, die durch den Lärm angelockt wurde. Schliesslich bleibt nur noch der Schütze selbst übrig, der, vor Grauen an den Auslöser festgenagelt, die ganze Zeit am entgegesetzten Ende der Kanone flattert. Pérák springt einen geschmeidigen Salto direkt hinter seinen Rücken und befreit seine Seele mit einem Handwink. Der Vierling spuckt die letzte Patrone aus dem Magazin und wird endlich still. Auch wenn es heiter ist und kein Wölkchen den Himmel trübt, strömt es aus der Traufe vor dem *Palais Petschek* in den Kanal, hin und wieder klatschen auch irgendwelche grösseren Stücke auf das Gitter.

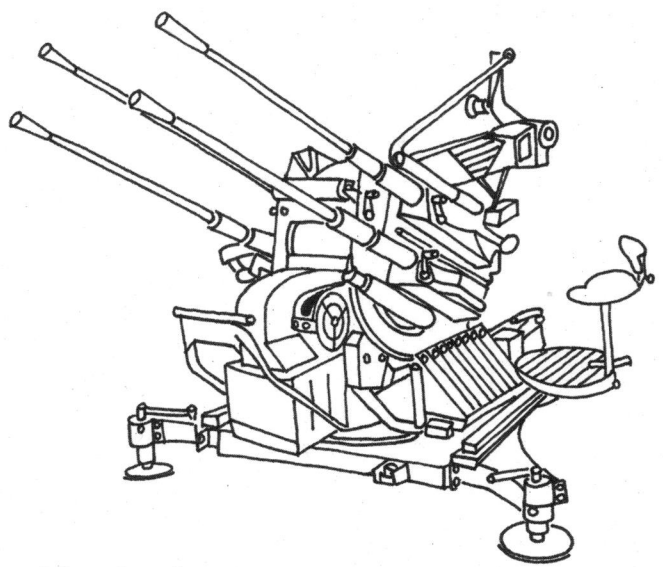

Der *Flak-Vierling 38*, mit dem Kaliber 20 mm, eine Kanone mit vier Läufen, die bei Bedarf alle gleichzeitig feuern konnten.

Pérák schlüpft durch den Erker auf den Dachboden, wo auf Wäscheleinen Bettlaken und abgezogene menschliche Häute trocknen. Leise steigt er die Treppe in das oberste Stockwerk hinunter, wo die Foltermannschaft untergebracht ist. Einige Gestapo-Männer stehen gerade unter der Dusche, der eine schrubbt dem anderen zärtlich den Rücken.

Pérák schleicht an ihnen vorbei bis zu den Latrinen. Hier sammelt er sämtliche Spülketten ein, das Büschel der weissen Spülklöppel in seiner Hand erinnert ihn an einen Hochzeitsstrauss aus Lilien. Mit einem mächtigen Ruck spült er auf einmal eine Reihe Toiletten hinunter. Das kalte Wasser fliesst aus den Röhren ab. Die Duschen fangen an, siedend heissen Dampf zu speien, die rot verbrühten Gestapo-Männer winden sich in Krämpfen.

Es geht weiter in den Schlafraum. Auf den Pritschen schnarchen friedlich Leute, nachdem sie die ganze Nacht hindurch gebrüllt, geschlagen, gefoltert, vergewaltigt haben. Nun stärken sie sich, um es wieder zu tun. Pérák hält sich nicht mit dem Wecken auf, er nimmt Anlauf, schnippt und zieht seinen tötenden Finger immer wieder über eine Reihe Hälse.

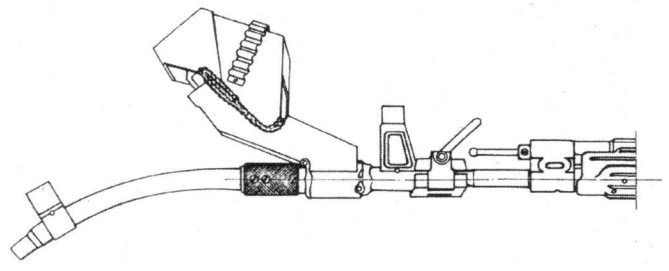

Der *Krummlauf*, ein Aufsatz zum Schiessen um die Ecke, mit einem Prismenvorsatz als Zielvorrichtung, hier aufgesetzt auf das Sturmgewehr *Stg 44* (Krümmung 30°).

Ein Stockwerk weiter unten wird er beinahe von einer Maschinenpistolensalve niedergestreckt. Er springt beiseite, duckt sich hinter einer Wand, reisst sich den Ärmel des Ledertrikots ab und untersucht den verletzten Arm. Glücklicherweise handelt es sich um einen glatten Durchschuss, so dass es ausreicht, die Wunde mit einem Band zusammenzuziehen. Er taucht seine Handfläche ins frische Blut, schiebt sie wie einen Spiegel um die Ecke und versucht den Feind darin zu erblicken. Keiner da, nur aus einer Tür, etwa zehn Meter weiter, ragt ein seltsames Rohr in den Flur hinein. Pérák erkennt darin den Aufsatz zum Schiessen um die Ecke, den Krummlauf.
Er macht das Fenster auf, klettert über die Brüstung und schiebt sich durch ein weiteres Fenster leise ins Zimmer hinein, direkt hinter den Rücken des SS-Mannes, der eben nach ihm schoss. Pérák klopft ihm auf die Schulter. Der Deutsche dreht sich um, seine Überraschung wird zu Hass. Er zielt auf Pérák, es ist jedoch nicht möglich, mit dem Aufsatz geradeaus zu schiessen. Es geht einfach nicht. Aus purer Verzweiflung wendet er die Waffe gegen sich selbst und duscht sich mit Blei ab.
Es folgt das Labor. Die Wissenschaftler in weissen Kitteln loszuwerden ist für Pérák ein Kinderspiel, auch wenn sie sich mit Skalpellen, einer Zentrifuge und Bunsenbrennern wehren ...
Wer zum Schwert greift, kommt durch das Schwert um. Einer will Pérák sogar eine giftig grüne, im Reagenzglas brodelnde Flüssigkeit ins Gesicht spritzen. Dabei ätzt er sich eine Reliefkarte der Hölle ins eigene Gesicht. Der letzte Forscher bemüht sich nicht einmal, den Kopf vom Mikroskop zu heben. Mit einer mächtigen Ohrfeige stösst ihm Pérák das Okular durchs Auge tief ins Gehirn hinein.
Dann aber erblickt er abgehackte Menschenköpfe, es sind genau zwölf, in einem grossen gläsernen Gefäss in klarer Flüssigkeit eingelegt. Erschüttert stellt er fest, dass sie lebendig sind und im Aquarium durch Ohrenwackeln langsam hin und her schwimmen. Werden sie gereizt, saugen sie Flüssigkeit in die Münder, spucken heftig aus und weichen zurück wie Tintenfische. Die abgeklemmten Blutgefässe schleppen sie wie Fühler hinter sich her.
Die Köpfe drängen sich an die Glaswand, so nah wie möglich an Pérák, schieben sich gegenseitig beiseite und beissen sich in die Nasen. Sie machen grosse Augen und bewegen stumm die Lippen, als ob sie etwas sagen wollten. Sie scheinen zu weinen, doch ihre Tränen zerrinnen spurlos in der Flüssigkeit. Pérák weiss nicht, ob die Ungeheuer um Gnade oder um Tod bitten. Also verschiebt er diese Frage auf ein andermal und läuft weiter.
So schlägt er sich Stockwerk für Stockwerk durch das schaurige Haus immer weiter nach unten durch. Er verbietet sich, über das Erblickte nachzudenken. Um vom Grauen nicht gelähmt zu werden, legt er alles teilnahmslos ins Gedächtnis ab, wie ein Beamter seine Ordner. Jetzt muss er sich auf die Arbeit konzentrieren.
Endlich tritt er die letzte Tür ein – die zum Keller.

OSRAM-LAMPEN *sind mit dabei!*

Der *Wenzelsplatz* in der Stadtmitte von Prag gehört mit seinen etwa 750 Metern Länge zu den grössten Plätzen in Europas Städten. Das Bild entstand um das Jahr 1935.

35 Umkleide. So nennt man hier kurz und bündig das riesige unterirdische Lager, wo jeder Gefangene auf dem Weg in die Folterkammer nicht nur das abzulegen hat, was er bei sich trägt, sondern auch alles, was sich von ihm abtrennen lässt. Die Sachen werden in Drahtkörbe sortiert. Die besten Stücke suchen sich selbstverständlich die Gestapo-Leute aus, den Rest schickt man Soldaten an die Front, und was auch denen nicht passt, bekommt die Zivilbevölkerung im Reich. Also steht hier eine unendliche Reihe Körbe: In einem befinden sich lauter Uhren; in einem weiteren Fingerhüte; Schuhlöffel; Brillen für Kurzsichtige, Brillen für Weitsichtige, Sonnen- und Blindenbrillen; Füllfedern, Pfauenfedern, Couchfedern; Glasaugen; Holzgliedmassen; Perücken; Kunstgebisse; Ausgehstöcke, solche mit Dolchversteck, aber auch schlichte Gehhilfen; Pfeifen; Hasenpfoten als Glücksbringer, Kämme; sogar ein Korb voller Körbe ist da, und so weiter und so fort.

Pérák läuft vorsichtig zwischen all den Körben, er ahnt Jitka in nächster Nähe, doch als er glaubt, die Gefahr wäre nun vorbei, stellt sich ihm der letzte Feind in den Weg: die Walküre.

Jetzt hat sie nicht mehr vor, ihn zu verführen, sie will ihn töten. Die Überfrau ist heute bucklig wie die Hexe aus dem Märchen der *Gebrüder Grimm*. Auf dem Rücken trägt sie nämlich ein riesiges Raketentriebwerk, befestigt mit ledernen Trageriemen. Eine Art Rock aus Stahlplatten, mit Asbest bezogen, schützt ihren Hintern und die Beine vor Verbrennung durch glühende Gase. Weitere kleine Raketen sind hier und da über ihren ganzen Körper verteilt. Pérák scheut sich zunächst, eine Dame zu schlagen, doch die Walküre schaltet eine Düse an ihrem Handgelenk ein und knallt ihm eine motorisierte Ohrfeige, bis er über die halbe Halle fliegt und in einen Korb voller gelber Kunststoffentchen fällt. Seine Beine rutschen über die Entchen, so dass er sich nicht zum Sprung abstossen kann. Die Walküre landet bei ihm, von ihrem linken Handgelenk lodert eine Flamme auf, sie umklammert Péráks Hals und würgt ihn raketenartig. Der wird langsam blau, doch im letzten Moment stemmt er sich mit den Beinen gegen ihre mächtigen Reize und tritt die Walküre in den Korb daneben, auf einen Haufen Zigarren, Zigaretten und Zigarillos. Sie bemüht sich zu schwimmen, doch die Tabakwaren ziehen sie mit jedem Armzug unerbittlich in die Tiefe. Noch ein letztes, ein allerletztes Mal tauchen aus dem Rauchzeug die fleischigen Lippen auf und brüllen einen Fluch: «Stirb, du Tschechenhund!»

Daraufhin schliesst sich die braune Oberfläche über ihr. Noch eine Weile wogen die Wellen im Korb, dann aber entzünden sich die sämtlichen beschlagnahmten Tabakwaren von den Flammen der Raketentriebwerke und die Walküre verwandelt sich in Asche und gesundheitsschädlichen Rauch.

...die Walküre schaltet eine Düse an ihrem Handgelenk ein und verpasst ihm eine motorisierte Ohrfeige...

Der mittlere Teil des Prager *Wenzelsplatzes* um das Jahr 1940, mit der Einmündung in die *Jindřišská-Strasse (Heinrich-Strasse)*, wo sich bis heute die Hauptpost befindet.

36

Solange es nur wenige Tröpfchen sind, haften sie fest auf der Haut, als es aber mehr werden, wandeln sie sich allmählich zu einem einzigen grossen Schweisstropfen. Der zittert erst wie eine überreife Birne am Stiel, reisst dann ab und kullert los. Auf der Stirn springt er von Fältchen zu Fältchen, fliesst hinab in die Augenhöhle, brennt da eine Weile und wartet, bis Schwester Träne sich mit ihm verbunden hat. Gestärkt kullert er weiter über die Wange in den Mundwinkel und hinunter zum Hals. Ähnlich einer Kugel, die in den Flipperautomaten geschossen wurde, stösst er sich unberechenbar ab und hüpft hin und her.
Das hier aber ist kein Spiel. Es ist Jitkas Gesicht und Jitkas Schweiss. Die junge Frau liegt gefesselt auf der Platte und versucht mit aller Kraft, den Mund zu halten.
Pérák nähert sich vorsichtig. Er mustert die Geräte. Soll er das Mikrofonkabel durchschneiden, den Verstärker ausschalten oder die Lautsprecher zerschlagen? Sicher lauert irgendwo eine versteckte Falle. Behutsam schneidet er die Fesseln durch, greift unter Jitka und hebt sie langsam hoch, um sie lautlos vom Mikrofon wegzutragen. Damit jedoch lockert er ein aufziehbares Blechhuhn, das sich unter dem Rücken der jungen Frau verbirgt. Das Spielzeug fängt an wie verrückt in die Platte zu picken. Die Lautsprecher brüllen los, Pérák zieht Jitka blitzschnell weg, doch der Rand einer Schallwelle ritzt ihr eine blutige Spur in die Hüfte. Zum Glück ist die Verletzung nicht ernsthaft. Jitka holt aus, um Pérák eine saftige Ohrfeige zu verpassen, gleich wird ihr jedoch bewusst, dass das Mikrofon immer noch auf der Lauer nach Futter ist, und so streichelt sie ihn lediglich leise, ganz leise. Dann zieht sie seinen Kopf zu sich und küsst ihn leidenschaftlich, während sie sich bereits davonmachen.

Von allen Seiten rasen Lastwagen, vollgeladen mit Verstärkung, zum Sitz der Gestapo. Noch während der Fahrt springen SS-Männer heraus, brechen die Tore auf und drängen hinein. Alle schauen in die gleiche Richtung.
Hinter dem Rücken der Gaffer, am anderen Ende der Strasse, hebt sich ein Kanaldeckel, aus der Öffnung klettern Jitka und Pérák und weg sind sie.
Die Sturm-Kompanie der SS dringt in die Folterkammer ein. Der Kommandant befiehlt seinen Männern, leise zu sein und steigt mit vorgehaltener Pistole vorsichtig zwischen die Lautsprecher, die, an Blütenblätter einer kubistischen Rose erinnernd, im Kreis aufgestellt sind. Er berührt die Metallplatte, die nasse Kontur des Körpers der jungen Frau darauf ist immer noch sichtbar. Seine Augen mustern die ganze Anlage, als sein Blick am aufgehängten Mikrofon ankommt, schluckt er trocken.
In der Luft wabert der Gestank des Todes, lieblich und abscheulich zugleich, wie der von verschwitzten Pferden. Zu gern würde der Kommandant davonlaufen, doch sein Körper begreift, dass von hier kein Weg zurückführt, und erstarrt. Er öffnet den Mund und brüllt mit aller Kraft: «Ruhe!»
Das Mikrofon schluckt gierig das Wort, die Lautsprecher würgen es heraus und das ganze Kellergewölbe stürzt zusammen.

Praha

Der Aussichtsturm auf dem Hügel *Petřín* wurde 1891 als Kopie des Pariser Eiffelturms errichtet. Bei seinem ersten und zugleich letzten Besuch Prags im März 1939 ordnete Hitler an, den Turm niederzureissen. Glücklicherweise kam er nie wieder und das Bauwerk blieb erhalten.

Epilog

Der Krieg ist vorbei. Nach langen Jahren der erste friedliche Herbst. Auf einmal gibt es überall sehr viel Licht. Pérák und Jitka wohnen nicht mehr im Gasbehälter in *Libeň*, sondern in einer hübschen, gemütlichen Wohnung in der Stadtmitte.
Die Klingel schrillt. Pérák macht auf, ein Kerl in Lederjacke mit dem roten Abzeichen der Revolutionsgarde auf dem Ärmel steht an der Tür. Er überreicht Pérák einen Amtsumschlag, lächelt schief und salutiert: «Freundschaft, Genosse!»
Pérák sieht, dass die Finger seiner rechten Hand glatt abgeschnitten sind wie auf den Bildern von Josef Lada. Ja, es ist genau derjenige Bürger, dem er, Pérák, vor vier Jahren die Finger abhackte, mit denen er im Begriff war, eine Denunziation in den Briefkasten einzuwerfen.
Pérák reisst den Umschlag auf und liest. Aus der Küche ruft Jitka ihm vom Herd zu: «Wer war das?»
Bleich wie die Wand, liest Pérák ihr aus dem Brief vor: «Nachdem festgestellt wurde, dass Sie ein Sudetendeutscher namens Udo von Schlitz sind… werden Sie nach Deutschland abgeschoben… Im Namen des Nationalausschusses unterschrieben… runder Stempel… *bum*.»

Pérák, Jitka und ihr dreijähriges Söhnchen brechen auf zum Spaziergang auf den Hügel *Petřín*.
Am Aussichtsturm verabschiedet sich Pérák ohne überflüssiges Gerede, spannt seine Muskeln an und springt mit aller Kraft senkrecht nach oben. Als er zurückfällt, nutzt er die ganze Energie, die sich in den Stossdämpfern angesammelt hat, um sich noch heftiger abzustossen: So springt er höher und höher, bis er am Ende die Fluchtgeschwindigkeit überwindet und ins Weltall hochfliegt, wo er gleichzeitig erstickt, explodiert und erfriert.
Der kleine Franz winkt von unten dem Papa zu und ruft mit einem dünnen Stimmchen: «Ade.»

Es ist vorbei. Pérák ist in den Wolken verschwunden, Jitka salutiert am hüpfenden Adamsapfel und flüstert durch die Tränen hindurch: «Gut stehen.»
Fränzchen zupft an ihrem Rock: «Mama, warum sagst du immer *gut stehen*?»
Jitka geht in die Hocke, nimmt ihn an den Händen und sagt ihm direkt in die Augen: «Weisst du, es ist nicht schwer, gut zu sein, wenn es den Menschen gut geht. Doch wenn es übel zugeht, muss sich jeder Mensch entscheiden: Ist es besser schlecht zu sitzen oder gut zu stehen? Nun, ich und der Papa, wir haben das Letztere gewählt.»

BIOGRAFIEN

PETR STANČÍK

Der Schriftsteller, Lyriker und Dramatiker Petr Stančík (1968) ist einer der wichtigsten Autoren Tschechiens. In seinem vielfältigen Werk erfreut er Leser mit einer Mischung aus Fakten, Mystik, Humor und ungezügelter Phantasie.

Für seinen 2014 erschienenen Roman *Die Mumienmühle (Mlýn na mumie)* erhielt Stančík Tschechiens renommiertesten Literaturpreis *Magnesia Litera*. Der Bestseller wurde bislang in fünf Sprachen übersetzt. Sein Sci-Fi Abenteuer für junge Leser *H_2O und die geheime Wassermission* wurde mit dem *Goldenen Band* für beste Kinderliteratur ausgezeichnet.

Stančík, der Regie in Prag studierte, widmet sich heute ausschliesslich dem Schreiben. Er lebt mit seiner Frau und zwei Töchtern in der Nähe von Prag.

PETR JANEČEK

Dr. Petr Janeček, Ethnologe und Folklorist, ist stellvertretender Direktor am Institut für Ethnologie der Karlsuniversität in Prag. Vorher leitete er die Volkskunde-Abteilung des Prager Nationalmuseums. Petr Janeček ist Autor der umfangreichen Publikation *Der Mythos vom Pérák. Eine moderne Sage zwischen Folklore und Populärkultur*, die 2017 in tschechischer Sprache erschien. In dem Werk untersucht er das Wesen dieses städtischen Phantoms in einem grösseren historischen und geografischen Zusammenhang. Eine englischsprachige Ausgabe ist in Vorbereitung. Der Wissenschaftler veröffentlichte ausserdem fünf Sammlungen moderner Legenden aus Tschechien sowie etliche weitere Werke, die insbesondere zeitgenössische Folklore und Mythologie thematisieren.

MARIA SILENY

Die gebürtige Pragerin ist Journalistin sowie Literaturagentin. Sie hat in München Politikwissenschaft, Germanistik, Amerikanistik und Buchwissenschaft studiert. Jahrelang hat sie als Redakteurin in Deutschland gearbeitet. 2015 hat sie mit *Prague Literary Agency* eine Literaturagentur gegründet, die tschechische Autoren an ausländische Verlage vermittelt. Sie lebt in München und Prag.

BILDNACHWEIS

→S. 2, Karte *Prag im Jahr 1944*
© Archiv der Hauptstadt Prag,
Karten- und Plänesammlung,
Sign. MAP P 3/6704

→S. 32
© Archiv der Hauptstadt Prag,
Fotografische Sammlung,
Sign. I 311

→Prolog, S. 34
© Archiv der Hauptstadt Prag,
Fotografische Sammlung,
Sign. I 5162

→Kapitel 1, S. 36
© Archiv der Hauptstadt Prag,
Fotografische Sammlung,
Sign. II 985

→Kapitel 1, S. 37
© Petr Stančík

→Kapitel 1, S. 38
© Archiv der Hauptstadt Prag,
Fotografische Sammlung,
Sign. X 11466

→Kapitel 2, S. 40
© Archiv der Hauptstadt Prag,
Fotografische Sammlung,
Sign. I 11228

→Kapitel 2, S. 42, S. 43
© Petr Stančík

→Kapitel 3, S. 44
© Brauerei und Restaurant U Fleků

→Kapitel 4, S. 48
© Archiv der Hauptstadt Prag,
Fotografische Sammlung,
Sign. VI 6/24

→Kapitel 5, S. 50
© Archiv der Hauptstadt Prag,
Fotografische Sammlung,
Sign. I 4439

→Kapitel 6, S. 52
© Archiv der Hauptstadt Prag,
Fotografische Sammlung,
Sign. I 4700

→Kapitel 7, S. 54
© Czech News Agency – Photo 2018, FO00084501

→Kapitel 7, S. 55, S. 57
© Petr Stančík

→Kapitel 8, S. 58
© Archiv der Hauptstadt Prag,
Fotografische Sammlung,
Sign. I 828

→Kapitel 9, S. 62
© Archiv der Hauptstadt Prag,
Fotografische Sammlung,
Sign. I 1561

→Kapitel 10, S. 64
© Archiv der Hauptstadt Prag,
Karten- und Plänesammlung,
Sign. MAP P 3/6704

→Kapitel 10, S. 67
© Petr Stančík

→Kapitel 11, S. 68
© Archiv der Hauptstadt Prag,
Fotografische Sammlung,
Sign. I 4696

→Kapitel 12, S. 70
© Archiv der Hauptstadt Prag,
Fotografische Sammlung,
Sign. I 4708

→Kapitel 12, S. 73
© Finito

→Kapitel 13, S. 74
© Archiv der Hauptstadt Prag,
Fotografische Sammlung,
Sign. I 4894

→Kapitel 13, S. 75
© Petr Stančík

→Kapitel 14, S. 78
© Archiv der Hauptstadt Prag,
Fotografische Sammlung,
Sign. I 1515

→Kapitel 14, S. 81
© Petr Stančík

→Kapitel 15, S. 82
© Archiv der Hauptstadt Prag,
Fotografische Sammlung,
Sign. I 5177

→Kapitel 16, S. 86
© Petr Stančík

→Kapitel 17, S. 90
© Petr Stančík

→Kapitel 17, S. 93
© Finito

→Kapitel 18, S. 94
© Archiv der Hauptstadt Prag,
Fotografische Sammlung,
Sign. I 4893

→Kapitel 18, S. 95
© Petr Stančík

→Kapitel 19, S. 96
© Art Deco Imperial Hotel in Prag

→Kapitel 19, S. 103
© Petr Stančík

→Kapitel 20, S. 104
© Archiv der Hauptstadt Prag,
Fotografische Sammlung,
Sign. I 4085

→Kapitel 20, S. 107
© Petr Stančík

→Kapitel 21, S. 108
© Archiv der Hauptstadt Prag,
Fotografische Sammlung,
Sign. I 4072

→Kapitel 21, S. 110
© Finito

→Kapitel 21, S. 111
© Petr Stančík

→Kapitel 22, S. 112
© Archiv der Hauptstadt Prag,
Fotografische Sammlung,
Sign. I 12028

→Kapitel 23, S. 114
© Archiv der Hauptstadt Prag,
Fotografische Sammlung,
Sign. I 5230

→Kapitel 23, S. 117
© Petr Stančík

→Kapitel 24, S. 118
© Archiv der Hauptstadt Prag,
Fotografische Sammlung,
Sign. II 1522

→Kapitel 25, S. 122
© Archiv der Hauptstadt Prag,
Fotografische Sammlung,
Sign. I 9173

→Kapitel 25, S. 125
© Petr Stančík

→Kapitel 26, S. 126
© Archiv der Hauptstadt Prag,
Fotografische Sammlung,
Sign. II 214

→Kapitel 26, S. 127, S. 128
© Petr Stančík

→Kapitel 27, S. 130
© Archiv der Hauptstadt Prag,
Fotografische Sammlung,
Sign. I 5219

→Kapitel 27, S. 133
© Petr Stančík

→Kapitel 28, S. 134
© Archiv der Hauptstadt Prag,
Fotografische Sammlung,
Sign. I 5220

→Kapitel 29, S. 136
© Archiv der Hauptstadt Prag,
Fotografische Sammlung, Sign. I 4764

→Kapitel 30, S. 138
© Archiv der Hauptstadt Prag,
Fotografische Sammlung,
Sign. I 4662

→Kapitel 30, S. 139
© Petr Stančík

DANK

Der Verlag bedankt sich bei Maria Sileny für die gute Zusammenarbeit bezüglich Recherche und Materialbeschaffung.
Dank ihrer wertvollen Unterstützung konnte das Originaldokument mit historischen Bildern ergänzt werden, welche zur Verständlichkeit der Geschichte von *Pérák – Der Superheld aus Prag* beitragen.

IMPRESSUM

Verlag: edition clandestin, Biel/Bienne
Text: Petr Stančík, Prag
Vorwort: Petr Janeček, Prag
Übersetzung: Maria Sileny, München/Prag
Lektorat: Juraj Lipscher, Rupperswil
Korrektorat: Judith Luks, Biel/Bienne
Konzept, Gestaltung deutsche Ausgabe: Francesca Petrarca, Basel
Druck: Beltz Grafische Betriebe GmbH, Bad Langensalza

Die Originalausgabe ist 2008/2016 unter dem Titel
Pérák bei Druhé město erschienen.

© 2008/2016 Petr Stančík, Prag
© 2019 edition clandestin, Biel/Bienne
und Autoren, Fotografen, Zeichner und Filmemacher

Die deutsche Bibliothek – CIP – Einheitsaufnahme
ISBN 978-3-905297-88-1

www.edition-clandestin.ch

Mit Unterstützung des Kulturministeriums
der Tschechischen Republik

MINISTRY OF CULTURE
CZECH REPUBLIC

→Kapitel 31, S. 140
© Archiv der Hauptstadt Prag,
Fotografische Sammlung,
Sign. X 11807

→Kapitel 32, S. 142
© Archiv der Hauptstadt Prag,
Fotografische Sammlung,
Sign. VI 9/7a

→Kapitel 33, S. 144
© Archiv der Hauptstadt Prag,
Fotografische Sammlung,
Sign. I 5997

→Kapitel 34, S. 146
© Archiv der Hauptstadt Prag,
Fotografische Sammlung,
Sign. I 5496

→Kapitel 34, S. 147, S. 149
© Petr Stančík

→Kapitel 35, S.150
© Archiv der Hauptstadt Prag,
Fotografische Sammlung,
Sign. I 137

→Kapitel 35, S.151
© Finito

→Kapitel 36, S. 152
© Archiv der Hauptstadt Prag,
Fotografische Sammlung,
Sign. I 1339

→Cover
nach einem Bild aus dem Zeichentrickfilm *Pérák: Der Schatten über Prag* von Marek Berger, 2016.